芝神明宮いすず屋茶話（一）

埋火

篠綾子

双葉文庫

目次

芝神明宮いすず屋茶話（一）

埋火（うずみび）

第一話　猫と魚油

一

「太々餅はいらんかね。太々餅、ここでしか食べられない太々餅だよ」

餅売りの掛け声がのんびりと聞こえてきたかと思うと、競い合うように、

「芝神明さんにお参りしたなら、生姜を忘れちゃいけないよ。干した生姜を煎じて飲めば、風邪封じには間違いなし」

干した生姜を売り歩く男の声が響いてくる。

芝神明宮の門前茶屋、いすず屋ではいつものことだ。お蝶はこの茶屋で接客の女中として働いている。

いすず屋では、茶の他に甘酒や汁粉、生姜湯、それに太々餅も出していた。

太々餅は焼いた餅にこし餡をつけて丸めたもので、餅の香ばしさが客たちに人気である。

東海道からほど近い芝神明宮への参拝客は、年中途切れることがない。いすず屋はそのお蔭でにぎわっていたが、お蝶は手が空けば、客の茶飲み話に付き合わされる。この日、

「お蝶さん、面白い話を仕入れてきたよ」

と、声をかけてきたのは、一柳という初老の自称俳人であった。

一柳は号であろうが、本名は知らない。元は商家の主人だったそうで、俳句は隠居してから始めた道楽だというが、作った俳句を披露してもらったことはなかった。

「おいおい、ご隠居さんよ」

その時、割って入る声がした。

「あら、勲さん。いらっしゃい」

お蝶はちょうど現れた半纏姿の若い男に、愛想よく声をかけた。

勲は町火消し「め組」の纏持ちである。この芝一帯で火が出れば、すぐさま鎮火に動いてくれる頼もしい男たちの一人だ。背が高く、いかにも頑丈そうな体

つきをしている。

「面白い話でお蝶さんを独り占めしようって算段かい？」

軽口まじりとはいえ、大男の勲に詰め寄られても、一柳は飄々(ひょうひょう)としていた。

「おや、顕(ば)れちまったかい。それじゃあ、仕方がない。勲さんもお蝶さんと一緒に、この爺さんの話を聞いておくれでないかね」

「まあ、そう言うんなら、聞いてやってもいいけど」

勲は偉そうな調子で言い、一柳と向かい合う形で腰かける。

「話の前にご注文を。勲さんはお茶でいいかしら。太々餅も付ける？」

お蝶が尋ねると、勲は「太々餅、二つ」といつものように答えた。

水屋に下がると、女将(おかみ)のおりくが注文の品をそろえているところだった。

「ちょいと待っておくれ」

と、言いながら顔を上げたおりくの口から、続けて「あちゃー」という困惑気味の声が漏れる。

「どうしたんです」

「どうもこうも。まずいのが鉢合わせしちまったよ」

おりくは客席に目をやりながら、溜息まじりに言う。その時にはお蝶も、客席と水屋を仕切る暖簾の隙間から、「鉢合わせ」の現状に目を向けていた。

「てめえ、何しに来やがった」

勲が立ち上がり、目の前の男に言いがかりをつけている。相手は大名火消し、加賀鳶の龍之助という男で、前にもこの店で勲と衝突したことがあった。

「茶を飲みに来たんだよ。何が悪い」

腕組みをして言い返す龍之助も、火消しの例に漏れず、勲に負けぬ背丈とがっしりした体の持ち主である。

「ここはめ組の縄張りだ。てめえの来るところじゃねえ」

「どこで飲み食いしようと、俺の勝手だろうが」

龍之助の言うことはもっともである。

火が出た際、武家の屋敷地と町家とでくっきり分けられるものでもなく、大名火消しと定火消し、町火消しの間で諍いになるのはよくある話であった。だが、その縄張り以外で飲み食いしてはいけないなどという決まりはない。大体、勲の発言はいすず屋の客を追い払うという出すぎたものであり、おりくが「ちっ」と舌打ちするのをお蝶は聞いた。

それでも、おりくは出ていって、勲を諫めることはしなかった。

め組の勲は、おりくにとってもお蝶にとっても古い馴染みだ。対する龍之助はついふた月ほど前から足を運び始めた、いわば新参者に毛が生えたような客。すぐに加賀鳶の肩を持って、勲の面子をつぶすのもよくないのである。

おりくは手を休めず、茶と餅の支度を調えていった。そうするうちにも、客席の熱気はどんどん高まっていき、「何だ、喧嘩か」「め組の火消しと加賀鳶だってさ」「いいぞ、やっちまえ、め組の若い衆」などと、店の外に集まった野次馬たちの声まで聞こえてきた。

「さ、できたよ。行ってきな」

おりくが威勢のいい声で言い、お蝶の肩をぽんと叩いた。お蝶は勲の茶と太々餅を載せた盆を持ち、

「お待ち遠さま！」

と、声を張り上げ、客席へ出ていった。

「勲さんたら、なに、立ってるの？　ほら、さっさと座って召し上がれ」

お蝶の声かけにより、ひとまず火消したちの諍いは静まった。傍らに座る一柳をちらと見やれば、我関せずという様子で、茶をすすっている。

勲は不貞腐れた顔つきながらも、再び腰かけた。

野次馬たちは、「何だ、喧嘩しないのかよ」などとぶつくさ言いながらも、あっさり店前から散っていく。喧嘩は金を払わずに楽しめる娯楽なのだ。特に、火消しのような若くて強い男たちの喧嘩は——。

お蝶はてきぱき、湯飲み茶碗と太々餅を勲に差し出すと、今度は龍之助に向き直り、

「いらっしゃい、龍之助さん」

と、明るく声をかけた。

「どうぞ、こちらへ」

と、さりげなく勲から離れた席へと案内する。

「……あ、ああ」

龍之助はややきまり悪い表情で返事をした。

「ここでいいかしら」

端の方の席になってしまったが、我慢してもらうしかない。「も、もちろん」と龍之助はすぐに答えた。その顔が火照っている。勲との口喧嘩で相当熱くなっていたようだ。

「お茶よりも冷や水の方がいいかしら」

龍之助の顔をのぞき込むようにしながら問うと、「いや、その……」と何やら口ごもっている。勲と言い争っていた時とはまるで別人だった。

「とにかく座って」

お蝶は腰かけを示したが、龍之助はその言葉も耳に入らない様子で突っ立っている。そのまま「お蝶さん」と緊張気味の声で呼びかけ、白い布に包まれた何かを袂から丁寧に取り出した。布の中から現れたのは、木彫りの簪だった。桜の花を模った細工が施され、桜色の小さな玉もついている。

「お蝶さんに似合うと思うんだ。受け取ってくれないかな」

「そんなたいそうなお品、いただけません」

お蝶はすぐに頭を振った。

「大袈裟に考えないでくれ。そんなに値の張るものじゃないんだ」

龍之助は急に早口になる。

「いえ。いただく理由もありませんし」

「いつも美味しい太々餅を食べさせてくれるお礼だよ。負担に思うことなんてないからさ」

一生懸命に言う龍之助の姿はいじらしいが、他の品ならともかく、身に着ける

品をもらう謂れはない。どう言って龍之助を納得させようかと、お蝶が思いめぐらしたその時、

「おいおい、龍之助よう」

勲が立ち上がって、こちらへ向かってきた。

「ちょいと、勲さん。野暮な真似はやめときなって」

この時は、勲をたしなめる一柳の声がそれに続いた。が、勲の足が止まることはない。

「お蝶さんが困ってるだろ。いい加減、それを引っ込めねえか」

「何だと。関わりのない野郎が話に入ってくるんじゃねえ」

お蝶に対してはしどろもどろだった龍之助が、勲を相手にした途端、大胆不敵な態度に早変わりした。

「見過ごせねえから言ってんだよ。いいか、お蝶さんはなあ」

と、勲が声を荒らげたその時、

「ちょいと、二人とも」

と、鋭い声が店の奥の方からした。

それまで水屋に控えていたおりくが、満を持した格好で現れたのだ。

「店の中で諍いは困るんだよ。やるんなら外でやっとくれ」

おりくはお蝶の脇までやって来ると、腰に手を当てて言った。勲と龍之助はばつの悪い表情になると、それぞれおりくから目をそらした。

「どうするんだい。外で殴り合うなら勝手だよ。けど、うちのお蝶を出しにするのはやめてもらおうか」

おりくの言葉に、勲も龍之助も言い返してはこなかった。勲は軽く舌打ちしつつも自分の席へと戻り、龍之助は始末をつけかねていた簪を再び袂に戻すと、

「女将さん、お蝶さん、すまねえ。今日は帰らせてもらうよ」

と言うなり、席には着かず踵(きびす)を返した。

「せっかく来てくださったのに、ごめんなさい」

お蝶は立ち去る龍之助の背に小さく声をかける。

「いや、俺の方こそすまねえ」

龍之助は振り返らずに返事をすると、そのまま去っていった。

席へ戻った勲は発散できなかった怒りが燻(くすぶ)っているようだ。残っていた太々餅をあっという間に平らげると、「ごちそうさん」と言葉少なに帰っていった。

勲が嵐のように立ち去った後には、一柳がちんまりと座っている。お蝶と目が

合うと、

「やれやれ。せっかくの話も聞かないで、帰ってしまったねえ」

と、溜息まじりに苦笑した。

そういえば、勲と一緒に一柳の話を聞くことになっていたのだと、お蝶は思い出した。一柳は毎回というわけではないが、店へやって来ては面白い話や不思議な話を聞かせてくれる。それを隣の長屋に暮らす子供たちに聞かせてあげると、とても喜ばれるので、お蝶も楽しみにしていたのだが……。

「ま、今日は私もお暇(いとま)しようかね。話はまた次の機会にでも」

一柳もそう言って、代金を置くと立ち上がった。

「一柳さんにもご迷惑をおかけしてごめんなさい。これに懲りず、またいらしてください」

「はい。そうさせてもらいますよ」

一柳は機嫌を損ねた様子もなく、にこにこしながら帰っていった。それを見送ってから、お蝶は片付けのため、いったん水屋へ下がる。仕事を終えて客席の方へ戻ってくると、ちょうど新たな客が入ってきたところであった。

二

客は、初老の女と若い内儀（ないぎ）、それに男の奉公人と見える三人連れである。

「いらっしゃいませ」

声をかけると、若い内儀が「あら」と声を上げた。一瞬の後、

「美代（みよ）ちゃん？」

お蝶の口から自然と声が漏れる。思いがけない昔馴染みとの再会であった。

「そう、美代よ。お蝶ちゃんよね。久しぶりだわ」

美代はまぶしそうに目を細めて、お蝶を見つめてきた。

二人は同い年の幼馴染みで、寺子屋も一緒に通った仲である。美代はこの近くの油問屋、熱川屋（あたがわや）の跡取り娘で、お蝶は芝神明宮の神職の娘。小柄で泣き虫だった美代は、よく近所の悪餓鬼（わるがき）たちにからかわれていたものだ。

後から思えば、彼らはただ美代の気を引きたかっただけだと分かる。

美代は愛くるしい容姿に加え、家も金持ちで、小袖や簪をいっぱい持っていた。新しい小袖や簪を身に着ける度、男の子たちにからかわれたり小突かれたり

して、泣きべそをかいていた美代の顔が懐かしくよみがえってきた。

「何年ぶりかしら。七、八年くらいだと思うけれど」

お蝶が寺子屋に通わなくなってからは、会う機会がめっきり減ってしまった。

美代が十七歳で婿を取った時も、お蝶は人づてに話を聞いただけだ。それが六年前のことで、二人は今年で二十三歳になる。

「皆さん、どうぞゆっくりしていってください」

お蝶は三人を空いている席へと案内した。

美代は生姜湯を、初老の女と奉公人は茶を頼むという。おりくが奥で用意してくれたそれを、お蝶は運んだ。どの湯飲み茶碗も熱い湯気が立っている。

「結城さんとこのお蝶ちゃんだったのね。今、この娘に聞いて、思い出したのよ」

初老の女が言った。結城というのは、芝神明宮の神職をしていたお蝶の亡父のことである。

「美代の母の、加代です」

「あ、はい。お母さまのこと、あたしも思い出しました」

美代の母とは、子供の頃、幾度か顔を合わせていた。お蝶と加代の挨拶が終わ

ると、

「うちの手代で、丁次というのよ」

と、美代が奉公人の男をお蝶に引き合わせた。

丁次は無言で軽く会釈をする。少し愛想に乏しいが、いかにも大店の奉公人らしく、抜け目がなさそうであった。

「お蝶ちゃんがここの門前茶屋で働いているとは、知らなかったわ」

美代は生姜湯にふうっと息を吹きかけながら、お蝶を見上げて微笑んだ。明るく屈託のない笑顔に見えるが、その目の奥には憂いの色が漂っている。

よく見れば、加代もただ年を取ったというだけではない疲労の翳を表情に滲ませていた。

芝神明宮へお参りに来る人は、大きく三つに分かれる。

一つめは、旅先の無事を祈願したり、旅を終えた人がお礼参りに来たという類。

二つめは、日々の安全と無事を願ってお参りに来たという類。

三つめは、今の今、大きな悩みを抱えていたり、不運に見舞われたりして、神頼みに来たという類だ。

この三つめの類の人が茶屋に立ち寄ると、顔つきで何となく分かる。彼らは自分の話を聞いてもらいたがっていることが多い。そういう客たちの話を聞いて、感謝されることがお蝶には度々あった。特によい助言ができなくとも、人は話を聞いてもらうだけで、肩の荷を少し下ろせるものらしい。

お蝶はいったん奥へと下がり、太々餅を一皿、盆に載せて戻った。

「よければ、太々餅もいかが。これはあたしから。お代はいただきませんから」

美代の前に屈み込み、同じ目の高さになって言うと、

「まあ、ありがとう。お蝶ちゃん」

美代の目が明るく輝いた。

「あらあら、申し訳ないこと。それじゃあ、あたしと丁次の分もいただけるかしら」

自分たち二人の分は代金も支払うということで、加代が追加の注文をする。それを受け、二人分の太々餅を運び終えると、「お蝶ちゃん」と美代がそれまでとは違う調子で呼びかけてきた。

「少し話を聞いてもらえる？」

やはり、美代は誰かに――それも母や奉公人という身近な人ではなく、他人に

話を聞いてもらいたがっていたようだ。

「もちろんよ」

お蝶は言って、美代の前の席に腰を下ろした。

「今日、お伊勢さまにお参りに来たのは、うちの人の病平癒を願ってのことなの」

美代は思い切った様子で、ひと息に言った。「お伊勢さま」とは、関東の伊勢神宮たる芝神明宮の呼び名である。地元では皆、そう呼んでいた。

「美代ちゃんのお連れ合いは、今の熱川屋さんのご主人ですよね」

「……ええ。まだ三十路を過ぎたばかりなんだけど、寝付いてしまって」

美代はうつむきがちになり、小声で言う。

美代の夫である佐之助は、もともと熱川屋の手代で、先代に認められて婿入りした男であった。佐之助と美代が祝言を挙げてから、四年後に先代が他界。佐之助は若くして熱川屋の主人となった。

早すぎる先代の死により、一時期はどうなることかと危ぶまれたものの、真面目な佐之助は手堅く店を守り、商いが傾くこともなく今に至っているという。

佐之助と美代の間にはなかなか子ができなかったが、気がかりと言えばそれくらいで、美代としては他に思い悩むことのない暮らしぶりだったそうだ。

「でも、半年くらい前から、どうも体がだるいと言い始めたの」

本人も疲れただけと言っていたし、美代も働きすぎが祟ったのだろうと思うだけだった。暇ができたら湯治にでも出かけたいわ、いや、そんな暇など作れるものか、などと言い合いながら、さほど心配していなかった。

ところが、三月ほどもすると、佐之助は朝起き上がるのがしんどいと言うようになり、あれよあれよという間に寝付いてしまった。医者は体と気の力が弱まっていると言うだけで、薬は処方してくれるものの、あまり改善は見られないそうだ。

「先代が寝付いた時も、ちょうど同じような感じだったものでね」

美代に代わって加代が口を開いた。熱川屋の先代、つまり美代の父親も五十に届かずに他界した。佐之助と同じように婿養子で働き者だったという。

「うちの人も、お父つぁんと同じようになっちゃうんじゃないかと思うと、あたし……」

美代の声が震えた。加代が美代の背を静かにさすり始めると、かすかなすすり泣きの声が聞こえてくる。

「いつまでも頼りない小娘のままで、あきれているでしょ？」

加代がお蝶に目を向け、苦笑を浮かべた。美代の涙もろいところは変わっていないようだ。

「子供の頃から、お蝶ちゃんはしっかり者のお姉さんだったのに、この娘ときたら……」

「いえ。ご主人のことで、美代ちゃんが不安になるのはもっともなことです」

お蝶は静かに言葉を返し、加代から美代へと目を戻した。

「美代ちゃんが気苦労で倒れてしまわないか、そのことも心配だわ」

「……ありがとう、お蝶ちゃん」

美代は涙を拭くと、そう言って顔を上げた。無理に微笑んでいるその様子が何とも痛々しい。

「まったくねえ。美代が倒れてしまったら、元も子もありゃしない。それでね、佐之助の容態もこれ以上は悪くならないだろうし、店のことは丁次に任せておけば安心だから、美代をしばらく湯治に行かせることにしたのよ」

と、加代が言った。

「え、佐之助さんもご一緒に、ですか」

美代を湯治に行かせる——という加代の物言いに引っかかり、お蝶は訊き返した。臥せっているのは、美代ではなくて、佐之助のはずだが……。

「いえ。佐之助が出るなんて無理ですよ。美代を休ませたいのに、佐之助も一緒じゃ、気も休まらないでしょ？」

加代はごく当たり前のように言う。

「……え、ええ」

お蝶はあいまいにうなずきながらも、喉にものを詰まらせたような違和感を覚えていた。

熱川屋にとって優先されるべきは、佐之助の養生と快復ではないのだろうか。それなのに、加代が第一に考えているのは、まだ倒れたわけでもない美代のことなのだ。

「美代を一人で行かせても、気がふさぐだけだろうから、あたしが付き添うことにしたの。今日のお参りは、あたしたちの旅が無事でありますように、との祈願も兼ねてのことでね」

「……そうだったんですね。ご無事に行ってらしてください」

お蝶は気を取り直して加代に告げたが、美代は加代の物言いを気に病むふう

で、

「うちの人を置いていくのは気がかりなんだけど、誰よりも熱心に、行ってこいと勧めるものだから」

と、言い訳するように付け加えた。どことなく気の強い母の言いなりに見えなくもない。そういえば、美代は事あるごとに「おっ母さんが……」と口にする子供であった。そんな幼馴染みのか細い肩を見ていると、放っておけない気持ちになって、

「もしお手伝いできることがあれば、言ってちょうだいね」

と、お蝶は言ってみた。

すると、美代は少し考え込むような表情になり、やがて、

「ねえ、お蝶ちゃんって、前に猫を飼ってなかったかしら」

と、唐突に切り出した。いきなりの話に戸惑いつつ、

「社に迷い込んできた仔の世話をしていたことなら……」

と、お蝶は答える。

神職の父と暮らしていた頃、迷い猫の貰い手が見つかるまで、面倒を見ていたことがあった。小さな三毛猫でかわいらしく、お蝶はずっと飼い続けたかったた

が、貰い手が見つかったため泣く泣く手放したのだ。父に内緒で、こっそり「ミケ」と呼んでいたあの猫は、今頃どうしているだろう。

近頃では思い出すこともなかったミケの面影を浮かべていると、

「実は、うちでも今、猫を飼っているの。もともとは母猫と仔猫の二匹だったんだけど、母猫がついこの間、死んでしまってね。遺(のこ)された仔猫がかわいそうで」

と、美代が話を続けた。

「それは、寂しがっているでしょうね」

お蝶も悲しい気持ちになって呟(つぶや)いた。

「おっ母さんとあたしが湯治に出かけている間、女中たちに世話を任せるつもりだったんだけど、お蝶ちゃんに見てもらうことはできないかしら。もちろん、無理にとは言わないけれど」

「あたしに?」

久しぶりに再会した幼馴染みの突然の頼みに、お蝶は目を瞠(みは)った。

「そんなことを急に言い出したら、お蝶ちゃんだって迷惑でしょうに」

加代があきれた様子でたしなめると、美代は素直にうなずき、「そうよね。おかしなことを言ってごめんなさい」とすぐに話を取り下げようとする。

「ううん。あたしは猫が大好きだから迷惑なんかじゃないわ。でも、その仔猫があたしに懐いてくれるかしら」

「実は、けっこう人見知りする仔でね。女中たちにもあまり懐いていないし、この丁次もすっかり怖がられているのよ」

美代は丁次に目を向けて、ふふっと笑った。

「面目ない。あっしが懐かれていりゃ、お預かりするんですが」

丁次が低い声で軽く頭を下げて言う。美代は軽口のつもりで言ったのだろうが、丁次は真に受けているようで、笑みの一つも見せることはなかった。仕事ができると加代も言っていたし、真面目な男のようだ。

「よければ一度、うちの仔猫を見に来てくれないかしら。お蝶ちゃんにてんで懐かないようだったら、こちらで何とかするわ。こうして思いがけず再会もできたし、もっとお蝶ちゃんといろいろ話したいのよ」

美代の眼差しに、それまでとは違った切実な色がある。もしかしたら、お蝶にだけ話したいことがあるのかもしれない。

「分かったわ。お店の仕事が終わってからでもよければ、お伺いします。七つ半（午後五時頃）過ぎになってしまうかもしれないけれど」

美代はかまわないと言うので、その日さっそくお蝶は美代の家へ行くことにした。

「それじゃあ、お待ちしているわね」

最後はすっかり笑顔になって美代は言い、三人は立ち上がった。加代と丁次を先に行かせた美代は「ごめんね。変に思ったでしょ？」とこっそりお蝶に耳打ちしてくる。

「おっ母さんは、うちの人のことを少し疎ましく思っているみたいで」

「そう……なのね。お店のことを心配するあまりなんでしょうけれど……」

「うちの人が臥せっているのが不満なんでしょうけど、そうならなければならないで、何かしら不満の種を見つけ出していたのよ、おっ母さんは」

溜息まじりに美代は言う。

病の床に就いて、店の仕事を果たせなくなり、姑の加代から厳しい目を向けられる佐之助のことが、お蝶は気の毒になった。それでも、美代が佐之助を悪く言う言葉は一つも聞いていないので、それがせめてもの救いかもしれない。

「それじゃあ、また後でね。うちの仔に会いに来てちょうだい」

美代は昔のような親しさで言った。こんなふうに約束をして、美代の家に遊びに行った子供の頃のことをお蝶も思い返す。

「ええ。後でお邪魔するわね。昔のようにお家の裏口へ回ればいいのかしら」

「店の表口から入ってくれてもかまわないけれど。お蝶ちゃんの好きにしてちょうだい」

美代はそう言い残すと、茶屋の前で待っている加代と丁次のもとへ向かった。

（そういえば、仔猫ちゃんの名前を聞いていなかったわ）

三人そろって門前通りを歩いていく美代たちの背中を見送りながら、お蝶はそのことを心に留めた。

三

（しっかり者のお姉さん、か）

その日の夕方、久しぶりに美代の家へ向かう道をたどりつつ、お蝶は先ほど聞いた加代の言葉を思い出していた。「しっかりしている」とは、お蝶が子供の頃からよく言われてきた言葉だ。早くに母を亡くしたため、弟や妹がいないにもかかわらず、「お姉さん」と言われることもままあった。

そんな幼い頃のある日、美代が、

——お蝶ちゃん、千木筥(ちぎばこ)って知ってる？　あたし、あれが欲しいの。

と、言い出したことがあった。

千木筥とは芝神明宮の門前で売っているお守りで、神宮の本殿や拝殿に使ったのと同じ木を使って作ったという木箱である。三つの小箱を藁で連ねた形をしており、千木は「ちぎ」という読みから「千着」に通じ、千着の着物を得ることが叶う、と言われていた。女人の着物は嫁入り道具でもあるため、良縁に恵まれるお守りともいう。

当時の美代がそこまでのことを知っていたかは分からないが、嫁入りへの憧れのようなものはあったのだろう。

お蝶は千木筥を欲しいと思ったこともなかったが、美代から買い物に付き合ってほしいと頼まれ、うなずいた。

とはいうものの、その頃はまだ、二人とも子供たちだけで買い物をした経験がなかった。門前の店が建ち並ぶ通りに出たはいいが、美代は千木筥を売っている場所が分からないと言う。

父が神職だったこともあり、まだしも門前町に馴染みのあるお蝶が、その辺りの大人たちに訊き回り、ようやく千木筥を売る店にたどり着いたのであった。

大人たちからは「姉妹そろってお買い物かね」などと言われ、誰もがお蝶を姉、美代を妹と思っていた。美代はにこにこ「うん、そう」などと応じていたし、お蝶も悪い気はしなかった。ただ、愛想よく微笑むだけで、自ら千木筥を売る店を探そうともしない美代に、少しばかりもやもやした気分を抱いたのは事実である。

とはいえ、目当ての千木筥を手に入れ、嬉しそうにしている美代を見れば報われた気がしたし、その後、美代が千木筥を悪餓鬼どもに取り上げられた時には、自ら立ち向かい、取り返してあげたりもした。

それからも、二人の間柄は変わることなく、やがて互いの境遇の変化と共に、いつしか疎遠になってしまったのだが……。

いまだに自分は美代にとって「しっかり者のお姉さん」なのかと思えば、妙な気分である。ただ、親心ならぬ「姉心」とでも言うのだろうか、忘れていた心の一部を刺激されたせいか、今も母親に気圧(けお)され気味の美代を少し不安に思う気持ちが湧いていた。

そんな思い出にふけっているうち、お蝶は熱川屋へ到着した。現れた女中に手土産の太々餅を手渡すと、すぐに美代たち一家が暮らす母屋(おもや)へ案内された。

通されたのは八畳ほどの客間で、案内役の女中が去ってからすぐに現れた美代は、腕に仔猫を抱いている。

「みゃあ」

おとなしくしていた仔猫は、美代がお蝶の前に座るなり、お蝶を見て鳴いた。

「そら豆(まめ)というの」

美代は仔猫の顔をお蝶に見えるように向けて言った。そら豆は昔、お蝶が面倒を見ていたミケによく似た三毛猫で、両手の上にちょこんと載ることができそうな大きさである。

「こちらはお蝶ちゃん。あたしの幼馴染みよ」

美代はそら豆にお蝶を引き合わせた。

「初めまして」

お蝶はそら豆の目をじっと見つめながら挨拶した。そら豆の目はなるほど、茹(ゆ)でたそら豆のような明るい緑色をしている。くりっとした目の形も、どことなく本物のそら豆を思わせた。

「いいお名前を付けてもらったのね」

心をこめてお蝶が言うと、猫のそら豆は再び「みゃあ」と鳴いた。

——そうそう。

とでも言っているようだ。

「そら豆が初めて会った人の前で、こんなに落ち着いているのはめずらしいわ」

美代はそら豆の小さな頭を指で撫でながら言う。

「そうなの？」

「ええ。脅えるか、唸り声を上げるか、たいていはそのどちらか。こうして抱き上げていないと、逃げていってしまうし」

「それじゃあ、あたしは嫌われていないのね」

お蝶はそら豆に笑いかけた。美代から「ちょっと頭を撫でてみて」と言われ、人差し指と中指だけでそっと撫でると、そら豆はごろごろと喉を鳴らしている。

「何だか、古い知り合いに会ったみたいね」

美代は驚いて言い、「美代ちゃんの気持ちがそら豆に伝わったのかも」とお蝶は返した。

その後、お蝶が女中に渡した太々餅の礼を美代から言われ、茶を運んできた女中が立ち去ると、美代は表情を変えておもむろに切り出した。

「今日は無理を言ってごめんなさいね。あまりに懐かしくて」

茶屋で話すだけでは物足りなくなってしまったのだと、美代は言った。

「そら豆のことは預かってもらえたら嬉しいけれど、お蝶ちゃんとこうして話をしたい口実だから、断ってくれてもかまわないからね」

と、続けて言う。お蝶はふふっと笑った。

「たぶん、そんなところじゃないかと思ったわ」

それから、自分は長屋の独り暮らしで、気兼ねするような身内もいないのでかまわないと続けた。お蝶が独り身であることは、歯黒めをしていないことから分かるだろうが、念のためはっきりと伝えておく。

「そら豆を預からせてもらうのは、あたしとしては嬉しいんだけど、茶屋に出ている間は長屋で独りぼっちになってしまうわ。それでも平気かしら」

「この家でもかまってあげるのはあたしだけだし、大丈夫だと思うわ。お蝶ちゃんさえかわいがってくれて、この仔もお蝶ちゃんに懐いてくれるなら……」

そう言って、美代は腕の中のそら豆を見つめる。そら豆は美代を見上げて、眠そうな声で鳴いた。

「ちょっと、あたしに抱かせてもらってもいいかしら。それで平気そうなら、預からせてもらうわ」

お蝶の言葉に美代はうなずき、それからお蝶はそら豆を抱き取った。そら豆は目を細めてお蝶を見つめていたが、お蝶が膝の上に載せて手を離すと、体を丸めて目をつむった。

このましばらく様子を見ようということになり、お蝶は改めて美代を見つめた。

「美代ちゃんは、ご主人のお体のこと以外にも、何か心配事があるんじゃないの？」

お蝶の言葉に、美代が小さく息を呑む。それから、仕方なさそうに小さく微笑むと、

「あたしね。お蝶ちゃんから気味悪い目で見られるんじゃないかなって、少し怖かった。でも、お蝶ちゃんは昔と少しも変わらずに優しくしてくれて、本当に嬉しかったのよ」

と、言った。

「気味悪いって、そんなこと、あるわけないじゃない？」

驚いて言葉を返すと、美代は悲しげに首を横に振った。

「それは、お蝶ちゃんが熱川屋の悪い噂を聞いてないからだわ」

「悪い噂……？」

困惑して、お蝶は首をかしげる。さもあろうと美代はうなずいた。

「世間は狭いから、そのうちお蝶ちゃんの耳にも入ると思う。でも、その前に、あたしの口から話しておきたいの。お蝶ちゃんは大事な幼馴染みだから」

美代の表情にはもう笑みは浮かんでいない。お蝶は少し落ち着かない気分で、そら豆の体にそっと手をやった。仔猫の温もりが掌に伝わってきて、少しだけ気持ちが落ち着く。

「熱川屋は祟られていると言われているの。二年前にお父つぁんが急死した後、うちの人が続けて病に倒れたものだから」

「誰だって病にはかかるし、いつかは死ぬわ。それが重なることだって」

「お父つぁんもうちの人も、倒れる数日前までは元気だったものだから、余所さまの目には奇妙に見えたんじゃないかと思うの。それに、ふた月ほど前、そら豆の母猫も急に死んじゃって……」

「あ……」

母猫の話は店でも聞いていたが、それがこのそら豆の母猫なのだと思うと、急にしんみりした気持ちになる。そら豆の体の小ささからすれば、生まれて一年も経っていないだろう。

その後、美代から聞いた話によれば、そら豆の母猫が仔を産んだのは昨年のことだそうだ。仔猫たちは次々にもらわれていき、最後まで残ったのがいちばん体の小さなそら豆だった。ところが、間もなく母猫が死に、独りぼっちになったそら豆はずいぶん元気を失くしていたのだという。

「猫って死ぬ時を悟ると、姿を消してしまうこともあるんですってね。でも、そら豆の母猫はうちの人が休んでいる部屋で冷たくなっていたの」

「まあ……」

「うちの人がかわいがっていたから、最期はその近くで迎えたかったのかもしれないわ。少し苦しんだみたいで、物が倒れたりして……ね。物音でうちの人が目を覚ました時にはもう……」

美代はうつむき、洟(はな)をすすった。

「それからなの。うちが祟られているって言われ始めたのは――」

「そうだったのね」

「化け猫の祟りだとか、うちのご先祖が悪さをした報いだろうとか、いろいろ言われたわ。猫が死んだのは事実だけれど、まったく謂れのないことまで」

加代がぴりぴりして見えたのも、美代が湯治に行くのも、そういう事情があってのことかとお蝶は理解した。その留守宅にそら豆を残していくのは、美代には不安の種なのだろう。

「美代ちゃんはお母さまと一緒に、温泉でゆっくりしてくるといいわ。養生中のご主人が美代ちゃんに湯治を勧めたのが少し不思議だったけれど、今ならご主人のお気持ちもよく分かる。少し家を離れて、美代ちゃんに元気を取り戻してほしいのよ」

お蝶は再び沈みがちになった美代を慰めた。

「あたしって……本当に情けないわよね。お蝶ちゃんもあきれているでしょ？いじめられて、お蝶ちゃんに庇ってもらっていた頃から、何も変わらない」

「そんなことはないわよ。今の美代ちゃんには大切な人がそばにいるじゃない」

顔は知らぬものの佐之助のことを思いつつ、お蝶は言った。

「美代ちゃんは佐之助さんのことを大事に思っているんでしょ」

さらにお蝶が言うと、美代はようやく顔を上げた。その目は少し潤んでいたが、佐之助を思う温もりを宿していた。

「もともと、うちの手代だったせいもあるけれど、あたしをとても気遣ってくれる優しい人なの」

「美代ちゃんの口ぶりから、よく分かるわ」

「うちのおっ母さんに口答えをしないから、気弱な質に見られることもあるんだけど、商いの場ではそうでもないのよ」

美代は佐之助を庇うように言う。

「そりゃあ、ご先代が手代さんたちの中から選んだ人でしょうからね」

先ほど見かけた丁次も、仕事ができると加代が言っていたし、お蝶の目にもそう見えた。佐之助はあの丁次に勝るとも劣らぬ人物なのだろう、などとお蝶が思っていたら、

「選んだのはお父つぁんだけど、あたしにも考えを訊いてくれたの」

と、美代が言い出した。はにかむようなその表情で、お蝶も勘づいた。

「美代ちゃん自身が、佐之助さんがいいと言ったのね」

「そ、そこまではっきりとは言っていないわ」

美代が顔を赤くして言う。確かに、美代のことだから名指しまではしていないのだろう。だが、美代が店のために好きでもない男を押し付けられたわけではな

いと分かり、お蝶は安堵した。

この婿取りの件に、あの加代は関与していなかったのかなとふと疑問が湧いたが、そこまで尋ねるのも失礼かと思い口をつぐむ。

「でも、美代ちゃんは好いたお人と一緒になれたのね。よかったわ」

商家の跡取り娘にはなかなか難しい道である。美代もそれが分かっていたのだろう、

「ええ、そう思ってるわ」

と、素直な物言いで微笑んだ。今日、お蝶が見た中で、最も自然で、最も明るい笑顔であった。

「今は調子がよくないけれど、元気になったら、うちの人にも会ってちょうだい」

「もちろんよ」

互いにうなずき合った時、

「……みゃあ」

お蝶の膝の上のそら豆がもぞもぞと動きながら、眠そうな声で鳴いた。それから、ぴょんと畳の上へ跳び下りると、前足で顔をこすっている。その伸びやかな動きからは、緊張や脅えなどはまったくうかがえなかった。

「この様子なら、お蝶ちゃんに預かってもらうのが、そら豆にとってはいいようだけれど……」

と、仔猫の態度を見ながら、美代が呟く。

聞けば、美代と加代が伊香保(いかほ)の湯治に発つのは十日ほど後のことだそうだ。ならば、出発の数日前からそら豆を預かり、様子を見ることにしてはどうかと、お蝶は訊いてみた。

「初めは夜だけ預からせてもらって、あたしが茶屋で働いている間は美代ちゃんのお家に連れてくる、という形でどうかしら」

そら豆もいきなりお蝶の長屋で留守番をさせられるのはきついだろう。美代が発つ前に少しずつ長屋に慣らしていけば、美代が発つ頃には留守番もできるようになるかもしれない。

美代も承知し、とりあえずは明日の夕方から、お蝶がそら豆を預かることが決まった。

「そら豆の好物は何かしら」

「うちでは、お粥(かゆ)に鰹節(かつおぶし)を入れたものを与えているわ。炊いたご飯も食べるけれど、お粥の方がいいみたい」

お米はいいとして、鰹節は仕入れておかなければならないかもしれない。そう考えていたら、

「鰹節はあたしが用意しておくわ。少ないけれど世話賃も出させてもらうから」

と、美代が言う。すると、そら豆が待っていたかのように「みゃあ」と鳴いた。

「当たり前だ、ですって」

お蝶と美代は顔を見合わせ、声を上げて笑った。そら豆は何食わぬ顔で、うーんと伸びをしていた。

四

それから十日ほどが経った一月も終わりのこと。

先日、気まずい雰囲気で帰っていったため組の火消し、勲が再び現れた。今日は二人の連れがいる。

「勲さん、又二郎さんに要助さんも、いらっしゃい」

「お、おう。邪魔するよ」

勲は少しきまり悪そうな表情で挨拶した。勲より細めだが上背のある又二郎は梯子(はしご)持ちで、二人より小柄な要助は鳶人足(とびにんそく)である。勲に連れられて、いすず屋によく来てくれる常連客であった。

　この日も、俳句をたしなむ一柳老人は店におり、

「やや、お兄さんたちが来ると、一気に店が狭くなっちまったようだねぇ」

などと、気軽に声をかけている。一柳から近くの席を勧められた三人組は、一柳と向かい合う形で腰かけ、茶と太々餅を二つずつ、それぞれ注文した。

「毎度どうも」

　水屋へ下がってから、餅と茶を持って戻ると、一柳と火消したちが話し込んでいた。

「それでね、お蝶さんがやけに機嫌がいいからさ。その理由を訊いてみたら、驚くじゃないか。独り暮らしの長屋に同居人ができたっていうんだから」

　話を聞いた勲たちは、どことなくぎょっとした顔つきで、お蝶を見つめてくる。

「真に受けないで」

　お蝶は笑いながら返した。

「同居人じゃなくて、同居猫」

勲たちに茶と太々餅の皿を差し出しながら、一柳を軽く睨んでみせる。

「お話しするのはかまいませんけど、間違ったことを吹き込まれては困ります」

「いや、これからちゃんと話すつもりだったんだよ。同居人って言っちまったのは、いい言葉が思いつかなかったもんだからさ」

悪気のなさそうな様子で、一柳は言った。

「お蝶さん、猫を飼い始めたのかい？」

鳶人足の要助が愛嬌のある顔で尋ねてきた。くりくりした目がどことなくそら豆の目を連想させる。

「飼い始めたわけじゃなくて、預かっているの。飼い主さんが湯治に行っている間だけ」

「昼間はどうしてるんだ？」

「長屋でお留守番よ。まだ小さいから余所の家で留守番できるか心配だったんだけれど、幸いすぐに慣れてくれてね。五、六日の間、昼間は飼い主さんの家、夜はあたしの長屋で過ごした後、留守番させてみたら、何とか大丈夫だったの。同じ長屋に暮らす子供たちもかわいがってくれてるし」

美代からは人見知りの猫だと聞いていたが、お蝶にもすぐ馴染んだし、同じ長屋の子供たちを見ても、脅えたりしなかった。確かに、初めて会った大人には若干警戒する様子も見せるが、それも激しいと言うほどではない。

──お蝶姉が留守の間は、おいらたちがそら豆を守ってやる。

隣に暮らす六つの寅吉が胸を張って、そう請け負ってくれた。寅吉の妹で、四つのおよしも、

──あたしもそら豆ちゃんのこと、ちゃんと見てる。

と、兄に負けまいとして言う。

幼い兄妹の母親のお夏が、子供たちの懇願に折れ、そら豆を見てくれることになったので、お蝶も安心できた。そら豆がお蝶の部屋から出るのを嫌がった──寅吉たちの家へ連れていっても、すぐに戻ろうとした──ため、寅吉とおよしがお蝶の留守宅へ来て、そら豆と遊んでくれている。

そうした経緯も出発前の美代に話し、承知してもらっていた。その美代は予定通り、二日前、母の加代と湯治に向かっている。

「そら豆といってね。すごくかわいいし、賢いのよ。勝手に外へ行ったら駄目って教えたら、戸が開いていても出ていかないんだから」

「そりゃあ、外へ出てくのが怖いだけじゃねえのか」

要助が言い、「違うわよ」とお蝶は返した。

「そら豆は、あたしの言うことがちゃあんと分かっているの。話を聞いている時の眼差しの真剣さ、あれはただ者じゃない証だわ」

「まるで子供自慢を聞かされてるみてえだな」

一柳と火消したちは声をそろえて笑った後、

「ところで、その猫、誰からの預かりものなんだい？」

勲が尋ねてきた。

「熱川屋さんよ、油問屋の」

「ああ。この近くの大店だね」

と、一柳がすぐに応じた。だが、その顔からはいつもの穏やかな笑みが消えている。もしや、美代が気に病んでいた熱川屋のよくない噂話が耳に入っているのだろうかと、お蝶は気になった。

「あそこの若内儀があたしの幼馴染みなの。その縁で、そら豆を預かることになったんだけど……」

そう前置きし、例の噂話のことを口にしようとしたその矢先、

「熱川屋かぁ」

と、要助が複雑そうな声で言った。火消したちは「よりにもよって」と言いたげに顔を見合わせている。

「熱川屋さんに何かあるの」

お蝶が尋ねると、

「あそこ、何度か小火を出してるんだよな」

と、勲が小声になって答えた。

「えっ、小火？」

お蝶は目を瞠った。小火のことなど、美代は言っていなかった。ただ、父の病死、亭主の闘病、猫の急死――それらが続いたせいで、悪い噂を立てられているとしか。だが、小火を出したことが事実なら、世間に不安を与えているのはむしろそちらの方ではないのか。

「まあ、小火といっても、俺たちが駆けつける前に消し止められたんで、大ごとにはなってねえ。熱川屋も隠したがってたしな。俺が様子を訊きに行ったのは、二度目の時だけど……」

「くわしく聞かせて」

お蝶は空いている腰かけに座ると、勲にせがんだ。

「お、おう。それはかまわねえけど」

勲がめ組の親分から話を聞かされ、熱川屋の様子を見てくるよう言われたのは、ふた月ほど前。去年の十一月半ばのことだったそうだ。

小火で済んだという話に偽りはなく、焦げた畳の跡も見せてもらったが、一畳も被害は出ていなかった。ただ、熱川屋は油問屋である。火事には格別気をつけねばならないはずだ。ましてやその半年ほど前にも一度、熱川屋は小火を出しており、この時は二度目だった。養生中だという主人の佐之助が無理して起き上がり、蒼白い顔で何度も頭を下げるので、とりあえず厳重に注意を促して帰ってきたという。

「不始末の原因は何だったの」

「二度とも店の方じゃなくて、主人一家の住まいの方から火が出たという話だったけどな」

勲は記憶をたどるような目をして言った。

「そうそう。俺が出向いた二度目の時は、飼い猫が行灯(あんどん)をひっくり返したとか言ってたっけ」

　と、そこまで語った勲は「ん？」と声を上げ、まじまじとお蝶を見つめてきた。

「お蝶さんが預かったのって、熱川屋さん家の猫だよな。それじゃあ、そのそら豆ってやつが……」

　小火の元凶かと言わんばかりの物言いに、「違うと思うわ」とお蝶はすぐに言った。

「行灯の大きさや状況にもよるでしょうけど、仔猫のそら豆が行灯をひっくり返したとは思えないの。そら豆の母猫がふた月ほど前に死んだそうよ。行灯をひっくり返したのはおっ母さん猫じゃないかしら」

「ふうん。じゃあ、そっちかもしれねえな。死んだ時期が小火と近いのが気にかかるが……」

　勲はおもむろにうなずいた。

「もしかして、その猫、小火を出したせいで、始末されちまったんじゃ？」

　要助が憶測で物を言う。傍らの又二郎が咎めるような目を要助に向けた。

　要助の言う通りだとしたら、若内儀である美代が関わっていないわけがない。

だが、そら豆をとてもかわいがっている美代が、その母猫を始末するとは思えなかった。それとも、美代のあずかり知らぬところで、母の加代が始末したということだろうか。それならあり得るかもしれないが……。

「小火の件は世間には知られてないんだよね」

その時、一柳が言い出した。

「まあ、公には何もなかったことになってるからな」

「お役人にも知らせていないってこと？」

お蝶が尋ねると、勲はどうだろうと首をかしげた。

「組頭から話がいってるかもしれない。俺も兄貴には話したし」

と、続けた。

勲の兄の東吾は岡っ引きである。ただの粗忽による不始末であったとしても、二度も重なったため、話しておこうと思ったらしい。

「お兄さんは何か言ってらした？」

「故意じゃないだろうが、主人が寝付いている店じゃ、目も行き届かねえだろうと心配はしてたな。三度目が絶対にないとも限らねえから、注意はしておこうってさ」

勲のその言葉を受け、

「俺たちも組頭から、あの家には注意するように言われてる」

と、又二郎が重々しい声で言った。

「ふうん。そうなると、皆さんが気にかけている店の主人夫婦が、この時期に湯治ってのは、少しのんきすぎるようにも聞こえるねえ。旦那を養生させたい気持ちは分かるが、主人夫婦がいない間、店はどうするんだね？」

一柳がお蝶に問うてくる。湯治と聞いて、療養中の主人を連れていったと勘違いするのは無理もない。お蝶も初めはそう思ったのだ。

「それが、湯治に行ったのは若内儀とそのおっ母さんで、ご主人は残っておられるんです」

隠しているわけにもいかず、お蝶は聞いていることを正直に話した。

「えっ、養生中の旦那が湯治に行ったんじゃなくて？」

要助が驚きの声を上げる。他の皆も驚いていた。

「看病疲れの若内儀を休ませようと、ご主人が強く勧めたと聞いてますが……」

いくら亭主が勧めたからといって、養生中の夫を見捨てて湯治に行く女房がいるか——と、男たちの顔があきれている。

お蝶も初めは妙だと思っていたけれど、美代の優しい心や押しの弱いところ、それに母の加代の勝気さを知ったせいか、今は納得してしまっていた。

(でも、世間から見れば、やっぱりおかしなことなんだわ)

今さらながら愕然とする。その時、一柳がおもむろに口を開いた。

「お蝶さんの幼馴染みだっていうから、言おうかどうしようか迷っていたけど、熱川屋さんにはあまり芳しくない噂がある。小火の件じゃないがね。まあ、先代の病死に続いて、婿養子の若旦那が倒れたから、いろいろ言われたんだろう。さっき話に出た猫の急死も、祟りだなんだと言われるにはうってつけだしね」

「そのことは、美代ちゃんも気にしていました……」

「もちろん、祟りの何のってのは眉唾もいいところだよ。けど、もう少し生臭い話もある。先代の内儀が婿養子の若旦那をいびったせいで、若旦那が気の病にかかったんだろうとか。いっそ、若旦那夫婦を離縁させて、別の婿を迎えようと画策しているとか。その候補の手代はもう決まっているんだとかね」

一柳の目にはいつになく強い光が宿っていた。

「……そんな」

お蝶は思わず抗議の声を上げてしまう。美代の母親がそこまで人でなしだとは思いたくなかったし、それに美代が否応なく巻き込まれているとも思いたくなかった。

「けど、それだって、世間が好き勝手に言ってるんだろう？　それこそ、眉唾なんじゃ」

動じているお蝶を気遣いながら、勲が一柳に向かって言う。

「そうかもしれない。私は熱川屋の主人一家を直には知らないからね。これまでは聞き流していたんだ。けど、療養中の旦那を置いて、内儀とその母親が湯治に行ったと聞いて、考えが変わった。噂話にもいくらかの真実が混じっているのかもしれないとね」

お蝶も勲たちも、一柳に言葉を返すことができなかった。

「猫の急死が小火の直後だとしたら、始末されたってのも、まったくの憶測とは言い切れないよ」

と、一柳が一同の顔を見回しながら告げた。

「猫が死んだ日にちまでは……」

お蝶は力なく首を横に振った。そもそも、美代が猫の急死のことは口にしながら小火のことを話さなかったことが気にかかる。

「俺も猫のことは分からねえ」

と、勲が低い声で続けて言う。

もし、そら豆の母猫が小火のせいで始末されたのならば、熱川屋の面々はそれだけ余裕を失くしているということだろう。そんな中、佐之助を残して湯治に出かける美代と加代も心の箍が外れているのかもしれない。

「勲さんのお兄さんに、あくまでも噂だと前置きした上で、今の話をしてみたらどうかね。もしかしたら、前とは言うことが変わるかもしれないよ」

そう言うと、話は終わったとばかりに、一柳は立ち上がった。

「お代はここに置かせてもらいますよ。お蝶さんも預かっている猫には、気を配ってあげるといい。かわいそうな目に遭ったかもしれないおっ母さん猫の分までね」

「……あ、はい。またおいでください」

気の抜けたような声で見送ることになってしまったが、一柳は気にする様子もなく去っていった。すると、火消したちも残っていた餅と茶を片付け、「今日はこれで」と言い残し、あたふたと帰っていく。

今の話をめ組の親分の耳に入れるつもりなのだろう。勲は兄の東吾にも話すと思われる。

もちろん、聞かされた二人は噂話を鵜呑みにはしないだろうが、熱川屋への警戒を強めるはずだ。

（美代ちゃん、そら豆……）

大事な幼馴染みと、その彼女から預かった仔猫のことが、お蝶も気にかかってならなかった。

五

その日、気が急く思いでお蝶が長屋へ帰ると、寅吉とおよしが神妙な顔つきで迎えてくれた。よく見ると、およしの顔には泣いた跡がある。

「ごめんなさい」

兄妹は待ってましたとばかりに、深々と頭を下げた。

「いったい、どうしたの」

そら豆に何かあったのかと、すぐに部屋中を見回したところ、隅で丸くなっている姿が目に入った。お蝶が帰ってきたことに気づいたらしく、少し顔を上げてこちらを見たが、眠いのか、すぐに姿勢を元に戻して目を閉じてしまった。

これという異常はなさそうである。寅吉とおよしの様子はいつもと違うが、兄妹が怪我をしているふうでもない。とりあえずは二人の言い分を聞こうと思ったその時、

「お蝶さん、帰ってきたのね」

と、兄妹の母親であるお夏が隣からやって来た。どうやらすべて承知しているらしく、子供たちに謝罪のやり方を教えたのもお夏のようだ。お蝶より一つ年上のお夏は、しっかり者の肝っ玉母さんである。

「お前たち、ちゃんと謝ったのかい？」

お夏は怖い顔を子供たちに向けてみせた。ひっくと、およしがしゃっくりのような声を上げる。

「二人は謝ってくれたわ。十分すぎるくらい丁寧だったけど、いったい、何があったというの」

理由を言ってから謝れ、とはどうやら教えてもらっていなかったようだ。そのことに気づき、お夏はしまったという表情をしてみせた後、

「この乱暴者たちがね。そら豆を追い回して遊んでいた拍子に、行灯を倒しちゃったのよ」

と、告げた。

「本当に、ごめんなさい。あたしからもこの通り」

と、お夏は土間に立ったまま、深々と頭を下げる。

「そうだったのね。寅吉ちゃんとおよしちゃんに怪我はなかったの？」

お夏から子供たちに目を向けて問うと、「怪我はしてない」と寅吉が神妙に言った。

「あ、そら豆も大丈夫」

と、続けて付け加える。

後片付けもお夏がしてくれたようで、割れた行灯皿も新しいものに替えられ、こぼした魚油も足されているという。

「お夏さんに迷惑をかけちゃって」

お蝶はかえって恐縮したが、そんなことは当たり前だとお夏は言った。

「それよりね。行灯が倒れたことで、そら豆が吃驚（びっくり）しちゃって、少し脅えてるふうなそぶりも見せてたの。ところが、そのうち魚油のにおいに興味を示してね。床の油を舐め始めたのよ」

割れた皿は片付けていたから、舌を怪我するようなことはなかったし、すぐに叱ってやめさせたので、そんなにたくさん舐めたわけではないという。

「ほら、魚油を舐めると化け猫になるとか言うじゃない。あたしも慌てて叱ったもんだから、そら豆を怖がらせちゃった。しばらく、あたしからは逃げ回ると思うわ」

あははっと声を上げて笑いながら、お夏は言うが、そら豆を脅えさせないようにと気をつけてくれているのだろう、必要以上に板の間に近付こうとはしない。

だが、このお夏の言葉に、寅吉が飛び上がった。

「そら豆、化け猫になっちゃうのか」

「兄ちゃん、化け猫って何？」

およしがその傍らで不安そうに問いかけている。

「大丈夫よ。ちょっと舐めたくらいで、化け猫になったりするもんですか」

お蝶は幼い兄妹を安心させるように微笑んだ。

「それにしても、やっぱり猫は魚が好きなのねえ」

まだ仔猫なので、鰹節はともかく魚を与えなくてもいいだろうと思っていたが、猫の本能は魚を求めるものなのか。

その時、そら豆の母猫が行灯を倒したことで、小火が出たという先ほどの話が思い出された。猫が行灯を倒したのは、そこに魚油が入っていることを知っていたためではないだろうか。

（でも、魚油は油の中では安いものだし……。油問屋の熱川屋さんでは使わないかしら）

魚油は貧しい家で使われるもので、富家では嫌なにおいのしない菜種油が好まれる。熱川屋のような大店ならば、菜種油を使っているかとも思われるが……。

「魚の油を……舐めた？」

「え、何？　そうだけど、本当にちょっとだけよ。心配するほどじゃ……」

お夏が声をかけてきた。自分でも気づかぬうちに、声に出していたらしい。

「あ、うん。そら豆のことは心配してないわ」

「じゃあ、誰の心配をしているのよ」

お夏が不審げな目を向けてくる。

「だ、誰の心配もしてないわ。……気にしないでちょうだい」

お蝶は明るく言い、寅吉とおよしに声をかけて立ち上がらせた。行灯のことは気にしなくていいし、これからもそら豆の面倒を見てほしいと言うと、兄妹は安心した様子でやっと笑顔を見せた。

子供たちがお夏に連れられて帰っていくと、お蝶は部屋の隅で丸くなっているそら豆のそばまで行った。お蝶の気配に気づいたそら豆が顔を上げて、にゃあと鳴く。

お蝶はそら豆をそっと抱き上げた。ふにゃふにゃした柔らかさと温もりを掌に感じつつ、

「お前のおっ母さん、急に死んじゃったのよね」

お蝶はそら豆に頬ずりしながら呟いた。

「本当にかわいそうな目に遭ったのかもしれない」

「みゃあ」

そら豆の鳴き声がどこか悲しげに聞こえた。

翌朝、お蝶がそら豆に、鰹節を載せて醬油を振りかけた粥を食べさせていると、戸を叩く音がした。お夏だろうかと思いながら、「どうぞ」と声を張ると、戸をがたがたさせて姿を見せたのは、お夏とは似ても似つかぬ大男だった。

「勲さんじゃないの」

お蝶は目を丸くした。

「その、悪(わり)いな、朝の忙しい時に」

勲はお蝶の部屋へは入ろうとせず、少し困ったふうな顔をしている。

「ちょいと、熱川屋のことで耳に入れたいことが……」

そう言いながら、勲は周囲を気にするふうに目を動かした。人に聞かれたくないことらしい。さらに、一心不乱にご飯を食べているそら豆に目を据えると、

「そいつにも、少し関わることなんでな」

と、呟くように言う。

「そら豆がご飯を食べている間、外で話を聞くわ」

お蝶は戸をしっかり閉めると、長屋の建物から離れた裏庭の端へ勲を案内した。ここならば、人に聞かれることはない。

「実は、昨日、言い忘れちまったんだけどさ。熱川屋の主人一家は魚油を使ってたんだ。猫が行灯を倒したのもそのせいだったんだろう」

勲がおもむろに切り出した話は、お蝶が昨日の一件から、確かめたいと思っていたことと同じであった。

「熱川屋さんみたいなお金持ちでも、菜種油は使っていなかったのね」

「ああ。確かに熱川屋は魚油しか使えないような貧乏人の家じゃねえ。けど、菜

種油は売り物ということで、自分たちは粗末な油を使ってるんだとさ。ご先祖以来のしきたりなんだとか言ってたな」

「猫が魚油を舐めるという話はよく聞くわよね。うちでも、そら豆が昨日、こぼれた魚油を舐めちゃったのよ」

「ああ。猫は魚が好物だからな。そら豆の母猫も魚油を舐めたかったんだろう」

もちろん、火が点いている行灯を倒したのではなく、点いていない時に倒したのだが、それが火鉢の灰にかかったか何かで、小火が出たのだそうだ。

「それでだな。ここからが本題なんだが……」

勲は乾いた下唇を舌で湿らせてから、おもむろに語り出した。

「兄貴に昨日、一柳さんから聞いた話をしたんだよ。婿養子の若旦那と姑の折り合いが悪いことは、兄貴も知っててさ。ま、噂は話半分ってとこらしい。けど、若内儀と姑が湯治に行った話は初耳だったみたいでな。それを聞くなり、どうも気になると言い出したんだ」

「気になるって、どういうこと？」

訊き返すお蝶の声は震えた。勲の兄の東吾は岡っ引きとして有能だと聞いたことがある。その勘を疎かにすることはできないはずだ。

「兄貴だって、何が起きるのか分かるわけじゃねえよ。ただ、何か起きるとしたら、内儀さんたちがいない間と思ったんじゃねえのか」

　口が乾くせいか、勲は再び下唇を舐めた。

「何かって、たとえば……？」

　答えを求めるというより独り言のようなものであったが、勲は律義に返事をする。

「そりゃ、また小火が出るとか？」

「でも、今の熱川屋さんに猫はいないし、行灯が倒れることはないわよね」

　猫がいなけりゃ火は出ない――などという理屈が通るはずもないのに、お蝶の口は勝手に動いた。

「これは、その、兄貴から聞いた話じゃなくて、俺が勝手に想像したことなんだけど」

　勲はまた下唇を舐める。お蝶はその口もとをじっと見つめた。

「そら豆の母猫が急死したのって、もしかしたら毒を食らったせいじゃないのか」

　昨日の話を思い出して、お蝶は目を見開いた。

「火事を起こしたから、毒を食わされたっていうの」

「いや、そういう懲罰みたいな話じゃなくて、うっかり食っちまうことだってあるだろ。鼠（ねずみ）が石見銀山（いわみぎんざん）を食ってやられるみたいに、猫が食っちまうことだってさ」

確かに、石見銀山を口に入れれば、人だって死ぬ。だから、石見銀山を使う時には子供や犬猫が口に入れないよう、注意が必要なのだ。

「あれは、猫を飼っていない家が鼠取りに使うものでしょ。熱川屋さんに石見銀山があるとは思えないけど」

お蝶が言うと、勲は一度下唇を舐めたものの、そのまま口を閉ざした。その目は「本当にそうか？」と言っている。

「熱川屋の婿養子の旦那は寝付いてるんだよな。それに、若内儀も看病疲れだか何だか知らねえが、湯治に行くっていうくらいだから、調子はよくねえんだろ。で、猫は死んだ」

それらにつながりがあるんじゃないかと、勲は言いたいのだろう。

お蝶も昨日からずっと、何かが喉に詰まったような息苦しさを覚えている。だから、勲の言いたいことは理解できた。

「熱川屋さんへ行かなくちゃ」

お蝶は言った。勲が「えっ」と虚を衝かれたような声を出す。

「何しに？」

確かに、美代が留守の今、お蝶が熱川屋へ訪ねていく理由がない。

「旦那さんから話を聞きたいの」

「けど、その旦那は臥せってるんだろ」

「でも、そら豆の話をすれば……。たとえば、そら豆の調子が悪いから、少し様子を見てもらいたいと言えば会わせてもらえないかしら」

佐之助は死んだ母猫をかわいがっていたということだし、そら豆のことも邪険にはするまい。

「今日の夕方にお邪魔してみるわ」

お蝶は意を決して言った。

「その、勲さんも一緒に行く？」

来てほしいとは言わなかった。一人でも行く。すでにそう決めていた。

「まったく」

勲は少しあきれたふうに、一方で少し寂しそうに呟いた。

「俺も行くよ。一人で行かせちゃ、……合わせる顔がなくなっちまうからな」

誰に——という言葉は勲の口から出てこなかった。お蝶も勲の最後の言葉には取り合わなかった。

それから、二人は夕七つ（午後四時頃）過ぎに、お蝶の長屋で待ち合わせる約束をした。その時刻なら、仕事を少し早く上がらせてもらうだけで済む。勲は急な仕事が入らなければ大丈夫だと言った。

「それまでに、できるだけ熱川屋のことを探ってみるよ」

そう言って、勲は足早に帰っていった。

お蝶もいすず屋に出かける支度をするため、急いで部屋へと戻る。深めの皿に入ったご飯をきれいに食べ終えたそら豆が、満足そうな顔で迎えてくれた。

六

その日、早めに帰らせてもらいたいというお蝶の願いを、おりくは何も問わずに聞いてくれた。約束通り、長屋で勲と待ち合わせ、この日も面倒を見てくれていた寅吉とおよしからそら豆を引き取る。そのそら豆を腕にしっかりと抱えて、お蝶は勲と一緒に熱川屋へ向かった。まずは主人一家の母屋へ出向いた。

前に美代を訪ねた時のように、まずは主人一家の母屋へ出向いた。


「あら、その仔猫は……」

玄関まで出てきた女中は、お蝶の腕の中のそら豆を見て呟いた。

「はい。こちらの飼い猫を美代さんから預かった蝶といいます。実は、この仔の食があまり進まなくて」

「それで、返しに来られたんですか」

女中は困惑顔を浮かべた。

「いえ、そういうわけじゃなくて。ご主人にこういう時の対処法をお伺いできれば、と思いまして」

お蝶が頼むと、女中はいったん下がっていき、戻ってきた時にはお蝶も顔を知る手代の丁次を伴っていた。

「主人は加減が悪いため、お会いになることはできません」

愛想の欠片もない表情で、丁次は切り口上に告げた。

「その猫のことは、あなたにすべてお任せします。我々に相談されても困りますので」

話を切り上げられてしまったので、お蝶と勲は引き下がるしかなかった。

美代たちが不在の間、店を丁次に任せるような話を加代がしていたが、奥向きの女中たちを取り仕切っているのも丁次らしい。

お蝶は勲と一緒にいったん帰るそぶりを見せて、熱川屋の裏庭の方へ回った。

「このまま帰るつもりじゃねえんだろ」

勲がふてぶてしい笑みを刻みながら訊いてくる。

「そりゃあそうよ。ご主人の佐之助さんから断られたわけじゃないんだもの」

たぶん、佐之助には話もいっていないのだろう。すべては、あの丁次の判断のようだ。

「なるほどね。あれが丁次さんか」

初めて顔を合わせた勲がわけありげな顔で呟く。

「今の旦那が倒れた後、熱川屋を支えてきた手代だな」

丁次の有能ぶりは昔からで、一時は美代の婿になるのは丁次だろうと言われていたらしい。ところが、ふたを開けてみれば、美代の婿に決まったのは佐之助であった。

能力だけを見れば、丁次には及ばぬ佐之助が選ばれたのは、美代がそれを望んだからだとか。

　勲は半日で、それだけの事情を調べ上げてきてくれた。美代が佐之助を気に入ったという話は、お蝶が美代自身から聞いた話とも合致している。

　だが、加代はそれが不満だった。丁次の方を気に入っていたらしい。最後には、先代と美代の考えを受け容れたものの、佐之助が病に臥せるや、露骨にきつい態度を取るようになったそうだ。その頃には先代も亡くなっており、加代を止める者がいなかった。

　加代は奉公人たちの雇い入れや昇進などにも口を挟むようになり、丁次はそのお気に入りとして、重みを増していったという。

　加代が婿の首を挿げ替えようとしている、などという噂話も、真偽はともかく、そのあたりから生まれたものなのだろう。

「それで、これからどうする？」

　勲が声を潜めて問うた。

「少ししてから、裏庭伝いに母屋の離れへ行ってみるわ。子供の頃、遊びに行ったことがあるから、場所はおおよそ分かるの。たぶん、佐之助さんがいるのはそこだと思う」

佐之助のそばでそら豆の母猫は死んだというから、猫が佐之助の部屋へ出入りしていたことは間違いない。母猫が出入りしていたなら、そら豆も出入りしていたのではないか。

そこまでそら豆を連れていけば、佐之助の部屋まで案内してくれるかもしれない。一か八かの賭けではあるが、そら豆を連れてきたいちばんの理由はそれだった。

それから、十分すぎるほどの間を置いた後、お蝶と勲は熱川屋の裏庭へ入り込んだ。今度は母屋の玄関へは行かず、反対の西側へと回る。

日没前の西陽が柔らかく差し込んでいる庭先に出た。そこに面した腰高障子は固く閉ざされている。庭には福寿草が明るい黄色の花を咲かせていた他、南天の木が赤い実をつけていた。

「へえ、南天で火難を避けようっていうことかね」

皮肉っぽい声で勲が呟く。「難を転じる」南天と、福を呼び込む福寿草。不幸を遠ざけ、幸いを手にしたいというこの一家の願いがありありと伝わってくるようだ。

お蝶は南天の木の傍らに、そっとそら豆を下ろした。

「静かにね」

小声でささやき、唇に人差し指を当てる。そら豆はつぶらな瞳で、じっとお蝶の顔を見つめていたが、やがて分かったというような顔つきになると目を転じた。

その目は障子の方にじっと向けられている。

「さ、お行き。お前のご主人がいるお部屋へ」

そら豆の尻をそっと押してやる。勲はどことなく疑わしげな目つきでそら豆を見ていたが、そら豆がたたっと駆け出すと、「お?」と目つきを変えた。

そら豆は脇目もふらず、軽やかな足取りで駆けていき、縁側に跳び上がった。それから腰高障子の下の方に体をこすりつけて、がたがたと揺らしている。人に飼われている猫の中には、器用に障子を開けるものもいるようだが、仔猫のそら豆にはさすがに無理だった。障子を揺らし続けているのは、そうすれば中から障子を開けてもらえると慣らされていたからだろう。

「行きましょう」

お蝶はそら豆に目を据えたまま、勲に言い、障子に向かって歩き出した。

そこに佐之助がいて、起き上がれる状態であれば、中から障子を開けてもらえるだろうが、それをゆっくり待っている余裕はない。お蝶が障子に近付いた時、部屋の中で人の動く気配があった。

西陽が当たっているので、お蝶らの影は中にいる人物の目に触れているはずだ。怪しまれぬよう、

「失礼します」

と、お蝶はすぐに声をかけた。

「お宅の猫が中へ入りたがっているようなのですが」

「……うちは今、猫を飼っておりませんが」

中から、訝しげな男の声が返された。佐之助のものかどうかは分からないが、「うち」という物言いから、佐之助だろうとお蝶は判断する。

「いえ。お宅のそら豆ちゃんです。あたしは美代ちゃんからそら豆を預かった蝶という者です」

お蝶は名乗ると、今も障子をがたがたさせているそら豆をすばやく抱き上げ、開けてもいいかと尋ねた。すると、「どうぞ」という静かな声が返ってくる。

お蝶は草履を脱ぎ、障子を開けて縁側に膝をついた。

「急なことで申し訳ありません。美代ちゃんからご主人のことはお伺いしていま

す。熱川屋のご主人、佐之助さんですよね」

中の男は布団の上に起き上がっていた。寝間着だけの上半身はたいそう痩せて、顔色もよくない。それでも、急なお蝶の訪問に気を悪くした様子も見せず、穏やかな表情でうなずいた。

今は頬の肉も落ちているが、優しげな顔立ちの色男で、美代が惚れたのも納得である。

「私が佐之助です。美代がお世話になっているようで。そら豆も、ですが……」

佐之助の眼差しがお蝶の腕に抱かれたそら豆へと向けられた。

「こちらは、あたしが働いている茶屋のお客で、町火消しの勲さんです。前に、佐之助さんとお会いしたことがあるというので、ご一緒していただきました」

お蝶に後れて縁側に上がってきた勲が、立ったまま障子の隙間から顔を見せる。「どうも」と愛想のない物言いであったが、佐之助は勲の顔を覚えていたようで、「ああ、その節は……」と言って頭を下げた。

「少しお伺いしたいことがあるのですが、よろしいですか」

お蝶の言葉に、佐之助は目に戸惑いの色を浮かべつつもうなずいた。

確かに驚きもするだろう。初対面でないとはいえ付き合いのない勲と、顔を合わせたこともないお蝶が、玄関から来るのではなく、縁側に突然現れたのだから。

「実は……」

　お蝶たちがここまで来た経緯について、事細かに話をしている暇はないし、下手なことを言って佐之助から警戒されるわけにもいかない。といって、佐之助の許しなく、行灯の油に手を出すわけにもいかないだろう。勲は部屋に入った時から、早くも佐之助の枕もとに置かれた行灯に目を向けているが……。

「美代ちゃんからそら豆を預かる時、母猫の死に際のお話を聞きました」

　あまり警戒されないよう、美代の名を出しながら、お蝶は話を進めた。

「ああ、大福のことですね。あれはかわいそうな最期でした。この部屋で事切れて……」

　佐之助は湿っぽい口ぶりで言い、うなだれた。これまで聞いたことがなかったが、そら豆の母猫の名は大福といったらしい。

「それで、ですね。急なお話ですが、昨日、そら豆が行灯を倒して、魚油を舐めた後、どうも元気がないようなのです。その話をしたら、熱川屋さんでも魚油を使っているという話を、たまたまこの勲さんから聞いて」

　と、このあたりは適当な作り話を入れながら話していく。そら豆は今もすこぶる元気だが、明かりも点けていない薄暗い部屋だから、その辺りを駆け回りでもしない限り、佐之助には気づかれないだろう。

「小火の時、旦那、おっしゃっていましたよね。原因は、猫が行灯をひっくり返したことだって」

お蝶の斜め後ろに座った勲が口を挟んできた。

「あ、ええ。あれは大福のしわざだったんですが」

話の筋が見えないようで、佐之助の表情は困惑の色が強くなっていく。

「その話を聞いて、ふと思ったんです。そら豆の母猫も、魚油を舐めることがあったんじゃないかって」

「え？　あの時は火が出たので、すぐに逃げていき、しばらく姿を見せませんでしたが」

と、佐之助は小火が出た時の大福の行動を思い返しているようだ。

「その時はともかく、別の時はどうでしたか。もしかしたら、死ぬ直前にも魚油を舐めていたんじゃありませんか。あたし、そら豆が同じようなことになったら、美代ちゃんに合わせる顔がありません」

わざと切羽詰まった声を出すと、「いや、魚油を舐めたくらいで猫は死んだりしませんよ」と佐之助が慌てて言い出した。油問屋の主人らしく、自分の店の油に落ち度はないなどと述べ始めるので、お蝶はそれを遮った。

「でも、大福ちゃんは急死だったんでしょう。美代ちゃんからそう聞いています」

「それは……」

佐之助は大福が死んだ時のことを思い返しているようだが、特にこれといって思い当たる原因はないらしい。

「とにかく、お蝶さんがお宅の魚油のことを心配してるんでな。少し調べさせてもらってもいいか。そういうことの得意な知り合いがいるもんで」

勲が佐之助の返事も待たずに立ち上がり、行灯の方へと足を進めた。その近くに急須のような形をした油さしが置かれている。

「これを貸してもらえりゃ」

と、勲がそれに手を伸ばした時、縁側と対面にある襖の方から足音が聞こえてきた。

「旦那、火を持ってきました」

先ほど聞いた丁次の声だ。どことなく焦りを帯びた早口で、佐之助の返事も待たずに襖が開けられた。

「おたくら、どうしてここに――」

丁次の持つ手燭の炎がゆらりと揺れた。

「ああ、この人たちは……」

と、佐之助が説明するよりも早く、「何を手にしている！」と丁次が勲に怒声を放った。

勲が手にした油さしを庇うように体をひねる。そこへ丁次が跳びかかった。

「何しやがる。危ねえだろ」

丁次のなりふり構わぬ様子に、勲が警戒をあらわにした。油に火が点いたら、とんでもないことになる。

「勲さんっ！」

お蝶は悲鳴を上げた。

「やめろ、丁次っ！」

佐之助もかすれた声を張り上げる。

勲は油さしを丁次から遠ざけようと、体をひねりながら、右腕を伸ばした。その右腕に丁次が手をかけ、油が畳にこぼれ落ちる。

すると、何を思ったか、丁次は手燭を放り捨てようとした。炎の照り返しを受けたその両眼は狂気の色に燃えている。

「何するんだ！」

勲が怒鳴り、先に手燭を奪い取ろうとしたが、間に合わなかった。

丁次の手から離れた手燭が下に落ち、炎が油を吸った畳に燃え移る。

「やあっ！」

お蝶は佐之助の使っていた夜着をつかみ取るなり、炎の上にかぶせた。その上から自分もかぶさろうとしたが、勲によって横へ突き飛ばされた。

「誰か、いないか。水を持ってこい」

佐之助が廊下へ這っていき、声を張り上げている。

その後のことを、お蝶はよく覚えていない。

ただ、放心から我に返った時――。

すべてが終わっていた。

後から聞いたところによれば、佐之助の部屋の畳を燃やした火はとっさに夜着をかぶせたお蝶の機転で、それ以上燃え広がるのを防げたという。

お蝶を突き飛ばした勲は、手近にあった水差しの水で夜着を濡らし、それを残る小火にかぶせていった。そうするうちには、佐之助の声を聞きつけた奉公人たちが駆けつけ、小火は消し止められたらしい。

前にも小火を出したことがあったせいか、奉公人たちは仰天しつつも、手際のいいところを見せたのだった。

そうした騒ぎの最中、丁次はうつつを失くした様子で突っ立っていたそうだ。ところが、小火が収まりそうになった頃、我に返ったのか、お蝶と勲が通ってきた庭の方へ逃げ出そうとした。

「丁次！」

切羽詰まった佐之助の声で、それに気づいた勲は慌てて丁次を追いかけた。丁次が庭を出る前に、勲が跳びつき、二人はもんどりうって庭に転がった。多少の抵抗はあったそうだが、勲にかかれば何ほどのこともない。勲が一発殴りつけると、丁次はおとなしくなった。縛り付けられた後はひたすら無言で、詫びの言葉も言い訳の言葉もなかったのだとか。

その丁次を勲は、駆けつけた岡っ引きの兄、東吾に突き出した。

一方、佐之助の部屋で使われていた魚油は、行灯の火皿に残っていたものが押収され、調べられることになった。

火が出てから、どこかへすっ飛んでいったそら豆は、熱川屋の奉公人たちが懸命に捜してくれた末に、母屋の軒下で震えているところを見つけられた。

「お預かりしますね」

と、腕を差し伸べた時、お蝶は「痛っ」と声を漏らした。

右腕に初めて痛みを覚えたのだ。袖をめくると、火傷している。夜着を火にかぶせた時に負ったものだろう。不思議としか言いようのないことに、この時まで、お蝶は火傷をしたことに気づいてさえいなかった。

「何で言わねえんだ！」

火傷の痕を目にした勲が大きな声を張り上げる。火傷をしていたことに気づいた途端、右腕はひりひりと痛み出し、早くも耐えがたい心地がしてきた。

「大声出さないで。傷に響くわ」

お蝶は顔をしかめて言う。それから、佐之助が呼んでくれた医者の手当てを受け、そら豆と勲と一緒に長屋へ戻った。

「怪我してんのに、猫なんか抱いて大丈夫か。熱川屋に押し付けてくりゃよかったのに」

勲がお蝶を気遣いながら、ぶつぶつと文句を言う。

「そうはいかないわよ。そら豆は美代ちゃんからの大事な預かりものだし、第一、あんなに怖いことがあった場所に、そら豆を置いてくることなんかできないでしょ」

「だったら、せめて俺に持たせてくれりゃあ……」

と、勲は言うが、勲が抱き上げようとするなり、そら豆がぶるぶると震えてお蝶の足に縋りついてきたので、仕方がない。

「そら豆は軽いから、左腕だけで大丈夫」

すっかり暗くなった夜道を歩きながら、お蝶はできるだけ明るい声で言った。そうしないと、そら豆がさらに脅えそうだし、お蝶自身、暗い気持ちに引きずられてしまいそうだからだ。

「丁次の野郎のこと、はっきりしたら、お蝶さんにも知らせるよ」

と言い、心配そうな表情を残しながらも、勲は帰っていった。

誰もいない真っ暗な部屋に入ると、気分が沈み込みそうになる。その時、そら豆がみゃあと細い声で鳴いた。

「お前がいてくれてよかったわ」

そら豆にそっと頬ずりしながら、お蝶は言う。暗闇の中でも、そら豆の目はほのかに光って見えた。みゃあみゃあと鳴き続けるその声が、死んだ母猫を求めているようで、お蝶は切ない気持ちになった。

それから数日が過ぎて、暦が二月を迎えた日の昼下がり、勲が一人でいすず屋を訪れた。

「仕事して大事ないのかい？」

小袖で隠れているお蝶の右腕に手をやり、勲が痛ましそうに問う。

「当たり前よ。火傷といっても大したことなかったし、あの翌日からちゃんと仕事はしてたわ」

お蝶は胸を張った。

「まったく、あたしにも知らせず、いつもと同じように仕事しようとしたのよ、この娘は」

横から、おりくが話に割って入ってくる。

「すみません、女将さん。俺が怪我すりゃよかったんですが」

勲が大きな体を縮こまらせながら頭を下げる。

「何言っているのよ。勲さんが怪我したら、それこそ仕事に差し支えるでしょ。

人を助ける大事な仕事なんだから、絶対に駄目」

　とんでもないことだと、お蝶は勲にきっぱり言った。

　それから、勲に太々餅三つと茶を振る舞った後、熱川屋の事件についての顚末を聞いた。

「熱川屋の旦那が使ってた魚油に、毒が盛られてた」

　やっぱり――という気持ちが胸を暗くする。使われていたのは石見銀山だったそうだ。

　盛っていたのは丁次で、魚油から毒が出たと聞かされた後、すべてを白状したという。美代の婿となった佐之助に対する恨めしさと妬みからしたことらしい。

　少しずつ毒の混じった煙を吸い込み、佐之助は体を悪くしたのであった。美代は佐之助ほどではなかったが、やはり同じ煙を吸い込んでおり、体調を崩す原因となっていたようだ。

　もちろん、丁次には美代を苦しめたいという気持ちはなく、佐之助を死に追いやるか、離縁させるかして、その後釜に座るつもりだったという。美代が湯治へ出向いたのをこれ幸い、この隙に佐之助の容態をさらに悪くさせる心づもりでいたようだ。

「美代ちゃんのおっ母さんは、関わりないわよね」

お蝶は気になっていたことを震える声で訊いた。

「ああ。丁次が自分の考えで勝手にしたことらしい。先代の内儀に気に入られたことで、気が大きくなっていたことは認めたが、内儀と手を組んでいたわけじゃねえ。あ、二人は湯治場から予定を早めて帰ってくるそうだ。まあ、帰ってきたら調べは受けるだろうが、罪に問われはしないだろ」

そら豆の母猫の大福が死んだのは今にして思えば、魚油を口にしたせいだろうと、佐之助も証言した。魚油に毒を入れられていたことは今回の件が発覚するまで気づかなかったものの、大福は店の誰かに毒を盛られたのだろうと疑っていたそうだ。自分が大福をかわいがっていたものだから、自分を憎む誰かが代わりに大福を殺(あや)めたのではないか、と——。

「姑か丁次か、そのあたりのしわざだろうと考えていたらしいが、まさか、自分に毒が盛られているとは思ってもいなかったんだとさ」

「佐之助さんも……お気の毒ね」

「あの旦那はお蝶さんのお蔭で命拾いしたんだから、泣いて感謝していいと思うがね」

事がここまで大きくなる前に何もできなかった佐之助に対して、勲は辛辣だった。

「何にしても、美代ちゃんがこれ以上泣かないで済んでよかったわ」

お蝶には、それが何よりだった。

「そら豆も守ることができたし」

もしそら豆を預かっていなければ――そう想像すると、ぞっとしてしまう。察するところ、そら豆は佐之助の部屋に出入りしていたのだろう。あの部屋に置かれていた油さしの魚油を、母猫と同じように、そら豆が口にしてしまっていたら――。

そうならなくて、本当によかった。

お蝶は今、長屋で寅吉とおよしに遊んでもらっているであろうそら豆の姿を思い浮かべ、心の底からそう思った。

第二話　め組と加賀鳶

一

暦が二月に入ると、寒さの中にもだいぶ温もりが感じられるようになる。桜の開花が待ち焦がれる頃だ。

お蝶はこの日も芝神明宮前のいすず屋で、客たちに太々餅を勧めながら茶飲み話に付き合っている。常連の隠居一柳は昼の八つ時（午後二時頃）にやって来て、もう半刻（約一時間）近くも居座っていた。

熱川屋で企まれていた謀が発覚し、人死にが出ずに済んだのは、お蝶とめ組の勲の働きあってのことだが、二人を動かしたのは一柳の言葉である。だから、その後、お蝶は一柳にすべてをくわしく話し、熱川屋を救えたことへの礼も述べた。

　――あの爺さん。ただ者じゃねえんじゃないか。

　勲がそう呟いていたことは、知らせていないけれども。

　お蝶自身も、一柳には自分の知らない面がある、と感じてはいた。人の好い、話し好きの、ただの自称俳人、というだけではない何かがある、と――。

　しかし、過去にどんな商いをしていたのか、どんな身内がいるのか、そういったことを尋ねてもはぐらかされてしまう。挙句は、作った俳句の披露さえ断られてしまった。

「そんなふうにあしらわれると、余計に何かあるんじゃないかと勘繰ってしまいます」

　お蝶が口を尖らせても、にこにこするだけである。

「何もありゃしないよ。こんな爺さんの昔話やつまらん俳句より、もっと面白い話を聞かせてあげたいと思うだけさ。確か、近所の子供に喜んでもらえそうな話を聞きたがっていたよね」

「ええ、まあ」

「いくつか仕入れてきたよ。どんな話がいいかね」

自信たっぷりな様子で、一柳は訊いてきた。

話を聞かせてあげたい子供とは、隣の長屋で暮らす寅吉とおよし兄妹のことである。

二人の父親の安兵衛(やすべえ)は料理人として働いており、時には帰るのが夜半に及ぶこともあった。勤め先の料理屋はかつてお夏が女中として働いていた店で、安兵衛とはそこで知り合ったそうだ。お夏は嫁入りと同時に仕事を辞めていたのだが、近頃になって人手が足りず、手伝いを頼まれるようになったとか。昔、世話になった恩もあるため、断りにくいという。

お夏が呼ばれるのは料理屋の書き入れ時なわけで、当然ながら安兵衛も仕事を上がれない。そのため、そういう夜は、お蝶が寅吉とおよしを預かることになっていた。

——本当に、申し訳ないわ。

お夏は恐縮していたが、寅吉とおよしの世話をするのはむしろ、お蝶には喜びである。

子供たち二人もお蝶に懐いていたが、近頃では夜もそら豆と一緒にいられるのが楽しいようだ。ちょうどこの日の晩、子供たちがお蝶のもとへ来ることになっていたので、お話は仕入れておきたい。

「それじゃ、猫のお話をお願いします」

寅吉とおよしが、今いちばん関心を持っているのはそら豆である。正直、そら豆と遊ぶことに夢中で、お蝶の話など聞いてもらえないこともあり得るが……。

（でも、そら豆は気分が乗らなければ、さっさと寝ちゃいそうだし）

こっそりと思いめぐらしながら、お蝶は一柳の話を聞く姿勢になった。

「猫の話はいろいろあるよ。そうだね、いい猫の話と悪い猫の話、どっちがいいかね」

悪い猫の話は子供たちにはふさわしくないかもしれない。それでも聞いてから確かめようと思い、

「どっちも聞かせてください」

と、お蝶は頼んだ。

「ふむ。じゃあ、悪い猫のお話からだね。とあるお大名の家臣がお殿さまのご勘気に触れて、手討ちにされちまったんだ。その家臣の母親はたいそう悲しんでね。お殿さまを恨みながら自害して果てた」

「怖いお話ですね」

やはり子供たちには聞かせられそうにないと、お蝶は胸に呟く。

「まあね。その母親の最期の恨み言を聞いていたのが、家の飼い猫でね。その猫は自害した母親の血を舐めると、化け猫に変じた。それからお殿さまの城へ行き、夜な夜なお殿さまを苦しめて復讐するんだ」

「ならば、その猫は忠義者になるのでしょうか」

「死んだ家臣と母親にとってはそうなるね。まあ、お殿さま側からすれば悪い猫になるんだろうが……。その化け猫も、最後はお殿さまの忠臣に退治されてしまうんだ」

「何だか、化け猫がかわいそうになりました」

お蝶の感想に、「ふむふむ、そうかね」と一柳はうなずいている。

「次にいい猫の話だよ。とある山寺の和尚さんが猫をかわいがっていたそうな。ところが、和尚さんは村の連中から相手にしてもらえず、暮らしも貧しかった。すると、その猫がある日、人の言葉で『和尚さんをお助けしましょう』と言い出したんだ」

猫は数日後、村で葬式が出されることを予言した。その際、化け猫がその亡骸(なきがら)を奪いに現れるが、村人たちは何もできず、最後には和尚さんに助けを求めに来るだろう。その時は現場へ出向いて念仏を唱えるように、というのだ。

和尚さんはわけが分からぬまま承知するが、間もなく飼い猫はいなくなってしまった。

数日後、飼い猫が言っていた通り、村で葬式があり、化け猫が現れた。村人に助けを求められた和尚さんは、飼い猫の言葉に従って現場に赴き、恐ろしい化け猫に対峙(たいじ)する。他の僧侶が念仏を唱えても、化け猫にはまったく効き目がなく棺桶も奪われてしまったのだが、何と、和尚さんが念仏を唱え始めるや否や――。

化け猫は急に苦しみ始め、最後には棺桶を投げ出すと、逃げ去っていった。

その後、和尚さんは村人たちから頼りにされ、尊敬されるようになったのだが……。

「その化け猫って、和尚さんが飼ってた猫だったんでしょう？」

お蝶の言葉に、「そうだね」と一柳は答えた。

「猫は和尚さんのもとへ帰ってこなかったのでしょうか」

「ああ、帰ってこなかったそうだよ。化け猫になった姿を見られちまったから、戻れなかったんだろうね」

「猫は長く生きていると、化け猫になるというけれど……。化け猫になっても、和尚さんにご恩返しをしようとするなんて、いい猫だったんですね」

どちらの猫も化け猫になるが、飼い主思いというところは同じだ。お殿さまを苦しめた猫も、根っからの悪い猫のようには思えない。

とはいえ、寅吉とおよしに話して聞かせるなら、やはり和尚さんの飼っていた猫の方だろう。お殿さまを苦しめた猫の話は、およしが泣き出してしまいそうだ。

「どうもありがとうございました、一柳さん」

お蝶は笑顔になって、頭を下げた。

「お役に立てたようで、何より」

一柳もにこにこしながら応じた後で、

「ところで、熱川屋さんから預かってた猫はまだお蝶さんの家にいるのかい？あそこの内儀たちはもう湯治から帰ってきたんだろ」

と、話を変えて訊いてきた。

「はい。けれど、まだお店がばたばたして落ち着かないし、そら豆もあの家で怖い目に遭ったので、もうしばらく預かってもらえないかと頼まれたんです」

湯治から帰ってきた美代は一人でいすず屋までやって来て、お蝶に何度も頭を下げた。「ありがとう」と「ごめんなさい」をくり返し、涙をこぼしていたものの、最後には何とか落ち着き、夫と二人で熱川屋を守っていくつもりだと言った。

何でも、母の加代はすっかり憔悴（しょうすい）してしまい、熱川屋を出て隠居したいと言い出したので、美代も承知したのだとか。ただし、そうなると美代自身が佐之助の看病をしながら、店のことにも目を配らなければならず、そら豆の世話どころではなくなってしまう。

「あたしも今すぐに、そら豆を手放すなんて考えたくなかったから、美代ちゃんの申し出はむしろありがたかったんです」

半年でも一年でも気にしないでいいとお蝶が言うと、美代はほっとした様子だった。お蝶としてはいっそのこと自分がもらい受けたいくらいの気持ちである。

「そりゃあ、またずいぶんと情が移っちまったみたいだね」

「おっしゃる通りなんです。いざそら豆を返すことになったら、どんなに寂しくなるか。あたしだけじゃなくて、隣の家の子供たちも泣き出しちゃうかもしれません」

「なるほど、その猫はお蝶さんたちにずいぶん大事にされているようだ」

そら豆と一緒の暮らしにここまで馴染んでしまった今、再び独りぼっちの暮らしに戻るのは侘しすぎる。それならいっそ、別の猫をどこかでもらい受けてはどうだろう。いや、妙案のようだが、新しい猫はそら豆ではない。そら豆のことを忘れたいわけではないのに、そうやってすぐに新しい猫を求めるのはいかがなものか。

そんなことをつらつら考えているうち、新しい客が入ってきて、お蝶は一柳の近くの席を離れた。そちらの対応をしているうちに、一柳も金を置いて、「また来るよ」と帰っていく。

仕事中は目の前のことに気を取られるので、余計なことを考える暇もない。だが、仕事も終わって家へ帰る段になると、お蝶の頭の中は再びそら豆のことで占められてしまうのだった。

そら豆を預かってから、お蝶の暮らしは思っていた以上に大きく変わった。何より食事も寝床も一人ではない。

朝、炊く飯は一人と一匹分。夕方も家へ帰れば、残しておいた冷や飯を熱い湯でふやかし、鰹節を載せて醤油を振りかけ、熱くないことを確かめてから、まずそら豆に食べさせる。

そうした日々の暮らしの中から、そら豆の姿が失われたら、お蝶が毎日見る景色はどれほど色あせることだろう。

いつになく沈んだ気分で長屋へ帰り着くと、戸がかたかたと揺れ、みゃあというか細い鳴き声が聞こえてきた。

そら豆が戸の近くまで迎えに来てくれたようだ。お蝶が帰ってくる時分と見て、戸の近くで待っていてくれたものか。

お蝶は戸を開けた。そら豆が足もとに寄ってきて、鳴きながら体をこすりつけてくる。寅吉とおよしは自分の家に戻っているようだ。

「ただいま。独りで寂しかった？」

お蝶はそら豆を抱き上げてから戸を閉め、板の間へそっと下ろしてやった。その後、夕餉（ゆうげ）の支度をするため、井戸水を汲みに行こうと踵を返すと、そら豆があとをついて来ようとする。

井戸のそばへ連れていくのは危ないため、中へ追い返そうとしたのだが、どういうわけか、今日のそら豆は聞き分けがない。

「駄目よ。危ないでしょ」

怖い顔をしてみせても、にゃあにゃあと鳴くばかりだ。いつもは、言葉を完全に理解しているのではないかと思えるほど、賢い猫なのに……。

「あ、お蝶さん。帰ってたのね」

隣からお夏が出てきた。これから仕事に出るお夏は、早めの夕餉を調えているところのようだ。

「今晩はよろしく頼みます」

頭を下げたお夏は、そら豆がお蝶を困らせていることに気づくと、

「めずらしいわね」

と言いながらも、すぐに家の中の寅吉に声をかけてくれた。

「しばらく、そら豆の面倒を見ておやり」

「分かった」

寅吉は飛び出してくると、嬉々としてそら豆を抱き上げた。

「にゃああ」

そら豆も仲良しの寅吉が抱いてくれたせいか、落ち着いたようだ。

「お蝶さん、何かあったの？」

お夏は一緒に井戸へと向かいながら、小声でお蝶に尋ねてきた。

「え、別に何も」

驚いて首を横に振る。お夏はまじまじとお蝶を見つめ、首をかしげた。いつもと違うところを探そうとしたようだが、見つからなかったようだ。

「子供って、案外、大人の顔色、よく見てるからね」

と、お夏はにやりとする。

「お蝶さんに何かあったって、気づかれたんじゃない？」

いや、子供といっても、そら豆は猫だ。そもそも、自分の子供でもなければ、飼い猫でさえない。

それでも、見抜かれてしまったのだろうか。そら豆を熱川屋へ返さなくてはならない日が来たら、どんなに寂しいだろうと沈んでいた自分の胸の内を――。

何ともほろ苦い気持ちになり、お蝶は汲み上げた井戸水をざあっと勢いよく水桶に流し入れた。

二

加賀鳶の龍之助が緊張した面持ちで、いすず屋に現れたのはそれから間もなくのことであった。お蝶のために用意してくれた簪を断ってから、半月ほどが経っている。

「お蝶さん」

龍之助はかちんこちんになりながら声をかけてきた。こちらまで緊張しそうになるのを何とか隠し、

「ようこそ、龍之助さん」

と、お蝶は軽やかに挨拶する。

「お忙しいのによく来てくださいました。太々餅、召し上がります？」

「はい。召し上がり……あ、いや、いただきます」

いくら何でも緊張しすぎではないだろうか。龍之助は真っ赤になりながら、奥の方の席に座った。

今日はめ組の勲たちと鉢合わせせず、よかったとお蝶はひそかに胸をなでおろす。もっとも、勲たちは頻繁にやって来るから、これから顔を合わせないとも限らないのだが……。

勲と龍之助の諍いには、町火消しと大名火消しの対立が背景にあった。

八代将軍吉宗（よしむね）の時代、町奉行の大岡忠相（おおおかただすけ）によって、江戸の町火消しが編成されて十数年。もともと存在していた大名火消しとの折り合いは決して滑らかなもの

ではなかった。

とはいえ、め組が守る芝一帯と、加賀藩上屋敷のある本郷とでは、場所も離れている。縄張り争いをする必要もなく、そもそも加賀鳶である龍之助はこの辺りとは縁がない。その龍之助が芝へ足を踏み入れたのは、いろは四十八組の火消しの中でも、特に付け上がっているめ組が目障りだったからだとか。噂を聞き、本当に図に乗っているなら叩きのめしてやろうと、ぶらりと芝へ現れたのが、去年の秋のこと。

芝神明宮の中を一通り歩き回ってから、これという理由もなく、目についたいすず屋に立ち寄ったそうなのだが、そこで――。

――俺は極楽を見た。

というのが、本人の言だそうだ。お蝶が聞いたのではなく、おりくからの又聞きである。

こらえきれずに大笑いしていたおりくの話によれば、龍之助の言う「極楽」とはお蝶のことらしい。

要するに、一目惚れ――されたのである。

初めに、おりくから指摘された時には、「女将さんの勘違いでしょ」とお蝶は聞き流した。自分は一目惚れされるほど器量よしではない。

年頃の娘になった頃は、確かに子供の頃よりは見てくれがよくなったとは思う。こんな自分を愛しいと言ってくれた男もいたし、その男の言葉は素直に信じられた。きれいだ、美しい——などと口にする男ではなかったが、自分に向けられた眼差しの、熱を帯びた色合いは分かる。そういう時、彼が自分をきれいだと思ってくれていたことも——。

だが、それは例外として。

自分は、いわゆる大勢の男たちから「あの店にかわいい娘がいる」などと、噂してもらえる類の女ではない。美代とは違うのだ。そうは言っても、龍之助からの好意が本物であることは、やがてお蝶にも分かった。

その時点で、龍之助がお蝶の中身を知って、好意を抱いたと思えるほどの長い付き合いはなかったから、中身というより外面(そとづら)を気に入られたのは確かなのだろう。

きっかけはともかく、それから龍之助がいすず屋に足を運ぶようになった。数ヶ月が経ち、今では顔馴染みの常連客となっているにもかかわらず、龍之助の緊張感は抜けていない。

お蝶は太々餅と茶を調え、龍之助のもとへ運んだ。

「どうぞごゆっくり」

龍之助をあまり緊張させるのも悪いので、注文の品だけ置いて下がるつもりだったが、

「あの、お蝶さん」

と、意を決した様子で、龍之助が声をかけてきた。

「はい。何ですか」

振り返ると、龍之助の太い眉がぴくぴく動いている。

「これ、受け取ってもらえないかな」

龍之助は突き出した右の拳を開いた。やや汗ばんだ大きな掌に載っていたのは、銀色の小さな鈴である。

「鋳物屋（いものや）で見つけたんだ。前に簪を受け取ってくれなかっただろ。だから、何がいいかと一生懸命考えてさ」

「それで、鈴を――？」

許婚（いいなずけ）でも恋人でもないのに、男から簪など受け取れるわけがない。そのあたりの塩梅（あんばい）が龍之助には分かっていないようなのだが、簪が駄目ならば鈴を――とい

う考えの道筋が謎であった。

「ええと、お蝶さん、猫を飼い始めたんだろ？」

　突然、龍之助が言い出した。

「……え、そうだけど」

　正確には飼い始めたわけではないが、とりあえずうなずいておく。いや、その前にどうして龍之助が知っているのだろう。お蝶がそら豆を預かってから、龍之助がここへ来たことはないはずだが……。

「一柳さんから聞いたんだよ」

　龍之助が目を泳がせながら言った。芝まで来たものの、いすず屋へ立ち寄るのを躊躇（ためら）っていた龍之助は、ある時、一柳とこの近くで出くわしたそうだ。一柳は頼みもしないのに、お蝶の近況をぺらぺらとしゃべってくれたそうで、その中にそら豆の話があったらしい。

　人の好さそうな一柳の笑顔が脳裡（のうり）に浮かんだ。悪い人ではないが口は軽いようだ。

「猫への贈り物ということでしょうか」

「そ、そうなんだよ。お蝶さん、贈り物されるの嫌いみたいだけど、これはお蝶さんにじゃなくて、お蝶さんの猫にってことだから。それなら、かまわないだろ」

慌てふためいて言う龍之助の様子を見ながら、この知恵を授けたのも一柳ではないかと、お蝶は勘繰った。だが、それを今、考えてみても仕方がない。

お蝶が黙っていると、またしても突き返されるのではないかと焦ったらしく、龍之助が言葉を継いだ。

「あのさ、うちの藩の上屋敷で飼われているお猫さまは、音色のよい鈴をつけていらっしゃるんだ。そのきれいな音色が聞こえてくると、ご側室の方々はお猫さまをお迎えしようと準備をするんだって」

猫がお殿さまのように扱われている、という奇妙な話であったが、加賀藩の奥向きの話にお蝶の心はひそかに色めき立った。

加賀藩の上屋敷には、お蝶の幼馴染みの女人がいる。今では、対等に口を利くこともできない、とても高貴な身の上となって。

もっとも、龍之助はそのことを知らない。だから、口にするわけにはいかないし、気づかれるわけにもいかなかった。

「そう。加賀藩の上屋敷のお猫さまは鈴をつけていらっしゃるのね」

お蝶は猫の鈴に興味を持ったふりをした。

「な、だから、お蝶さんのお猫さまもこの鈴をつけるといいよ」

懸命に言う龍之助の言葉に、お蝶は噴き出してしまった。

「うちのそら豆は、お猫さまなんて柄じゃないけど」

お蝶がめずらしく笑ったせいか、龍之助はまぶしそうに目を細めながら、口もとをゆるめている。

「そうなのか。いや、お蝶さんの猫なんだから、お猫さまだろ」

嬉しそうに言う龍之助を見つめながら、お蝶は銀色の鈴に手を伸ばした。

「それじゃあ、ありがたくいただきます。そら豆もきっと喜ぶと思うので」

鈴を手に取り、耳もとで左右に振ってみる。チリン、チリンと、軽やかだが深みのある音色がした。

そら豆がこの鈴を首につけて、長屋を走り回る姿を思い浮かべると、お蝶の心も弾んだ。少しでも早く帰って、この鈴をつけてやりたくなる。

だが、首に結びつけるには首輪も必要だ。首輪になりそうな端切れがあっただろうか。そんなことを思いめぐらしていると、

「あの……さ、お蝶さん。そのお猫さまが鈴をつけた姿を、近いうちに、俺にも

一度拝ませて……」

龍之助が顔を赤らめながら言い出した。

「えっ？」

自分の思いにとらわれていたお蝶は我に返って訊き返した。が、龍之助の口から、先の言葉をもう一度聞くことはできなかった。

「おい、何してやがる！」

どすの利いた低い声が茶屋の店前から飛んできたからだ。馴染みのある声に振り返ると、勲が肩を怒らせて店前に陣取っていた。梯子持ちの又二郎と鳶人足の要助も一緒だ。

町火消しと龍之助が鉢合わせしませんように——とひそかに願っていたというのに、お蝶の願いは神さまに届かなかったらしい。

「いらっしゃい、皆さん。今日は天気もいいから、外の縁台でどうかしら」

龍之助と近くにならないよう、外の縁台を勧めたが、勲たちの耳には入っていない。

「加賀鳶の龍がこんなところで何してるんだ」

「何って、お茶を飲んでいるだけよ。そんな怖い顔で訊くことじゃないでしょ」

とりなすように勲に言ったが、

「俺がお蝶さんと会ってちゃ悪いってのか」

龍之助が突然立ち上がって啖呵を切る。先ほどまで、お蝶の前でしどろもどろだった初心な男とはまるで別人だ。

「何を言っているのよ、龍之助さん。あたしと会ってたわけじゃないでしょ」

勲たちを刺激するようなことを言ってどうするのだと、お蝶は龍之助を咎めたが、こちらの耳にもお蝶の声は届かなかった。

「ここは、め組の縄張りだ。お前がうろうろしていると目障りなんだがな」

「余所の縄張りへ足を踏み入れちゃいけねえわけじゃねえだろ」

「いけねえとは言ってない。目障りだって言ってんだ」

勲と龍之助の言葉の応酬が周囲もはばからず始まった。

「ちょいと！」

男たちの大声に負けぬ怒声がその場に鳴り響いた。水屋から飛び出してきたおりくである。

「ここは火事場でも賭場でもないんだけどね。前にも言ったけど、喧嘩したいんなら余所へ行っておくれ」

今回も同じように、おりくから叱られた男たちが、しぶしぶながらも引き下がるのかと思いきや――。

「おい」

と、勲が龍之助に声をかけ、顎をくいっと外へ向けた。

「話がある。来な」

龍之助は「おう」と答えるなり、再び席に着くや、お蝶の運んだ太々餅を丸ごと口へ放り込んだ。それを茶で流し込むと、代金を茶碗の横に置く。

「お蝶さん、悪かったよ。また来るから」

お蝶には申し訳なさそうな表情で謝ったものの、立ち上がった時には荒っぽい表情になっている。

すでに歩き出していた勲たちの背を追う形で、龍之助は走っていった。

「いったい、どこへ行くつもりかしら」

お蝶は思わず呟いたが、

「馬鹿は放っておけばいいよ」

と、おりくがあきれた様子で言う。お蝶は龍之助の席を片付けようとし、それまで右手をぎゅっと握り締めていたことに改めて気づいた。手を広げると、小さな鈴が掌で転がり、チリンとかすかな音を立てた。

三

前を行く「め」の字が白く染め抜かれたそろいの法被(はっぴ)を睨みつけながら、龍之助はその後ろを大股で進んだ。これまで何度か口喧嘩した男が、め組の纏持ちで、勲という名であることは知っている。他の二人——勲より上背のある男と小柄な若造の名は知らないが、顔は見たことがあった。彼らもふつうの男に比べればたくましい体つきだが、勲には劣っている。もちろん、龍之助の敵ではない。

どこへ行くのか、何も聞かずについて来てしまったが、芝神明宮から離れるに従って、人の姿は少なくなる。話とやらは、人気(ひとけ)のないところでしたいのだろうが、果たして話だけで済むだろうか。

(三対、一か)

一人ずつが相手なら負けるはずはないが、さすがに火消し三人を一気にぶちのめすのは容易(たやす)いことではない。

その時、お蝶の清らかな立ち姿が頭の中にふっと浮かんだ。

（俺の、吉祥天――）

毎朝毎晩、彼女を拝むことができたら、どんなに仕合せだろう。

初めてお蝶を見た瞬間に分かった。彼女が自分の天女だと――。

お蝶は極楽に咲くという蓮の花から生まれたような女人だ。清らかで美しい人

だから、汚れたこの世の俗な男どもがつい手を伸ばしたくなる。そういう有象無象から、彼女が傷つけられたり汚されたりしないよう、誰かが守ってやらなければならない。

それは、もちろんこの自分――加賀鳶の龍だ。

（あいつらもお蝶さんに群がる、ろくでなしの男たち）

ここで一気に叩きのめして、お蝶のことをあきらめさせるのは、自分の使命だ。だから、相手が三人だからといって、怖気づいている場合ではない。

（やってやる。俺には吉祥天がついているんだからな）

自分に都合よく考えを飛躍させた龍之助は、それまで以上に勢いをつけて、地面を踏み鳴らしながら歩いていった。

門前町を北へ抜けると、武家屋敷の建ち並ぶ区画に出て、一気に静かになった。道を左に折れ、西へと進む。左手に増上寺の御成門、右手に武家屋敷が並

ぶ通りだ。増上寺の北西側はいくつもの寺がある寺地だが、そこを縫うように進むと、やがて愛宕山の麓に至る。

め組の男たちが向かうのはこの山のようだ。

火伏の神として知られる愛宕権現があり、彼らも信奉しているのだろう。山上からの景色がすばらしいことでも知られていたが、さすがに芝神明宮の門前ほどの人はいない。

途中、山を下りてくる文人らしき宗匠頭巾の男たちを数人見かけたが、め組の火消したちに睨みつけられると、そそくさと姿を消した。

め組の三人は、陽の光のあまり届かない薄暗い山道で足を止めた。辺りに人はいない。

(上等だ!)

勲らが何も言わぬうちから、龍之助は胸の中で叫び、すかさず法被を脱ぎ捨てた。

「はん、威勢がいいな」

勲が小馬鹿にしたような目を向けて、せせら笑った。

「何も聞かねえうちから、すぐ喧嘩かい? これだから、腕っぷしだけが自慢の馬鹿は困る」

「何を！」

勢いよく龍之助は言い返した。

「馬鹿に馬鹿と言われちゃ、黙っちゃいられねえ。よく聞け。お前の考えてることなんざ、聞くまでもなくお見通しだって言ってんだよ」

「ふん、口から出まかせを言ってらあ」

勲ではない別の火消しが鼻を鳴らして、失礼なことを抜かしてきた。

「どうせ、これ以上、お蝶さんに近付くなって言いてえんだろ」

龍之助が答えてやると、勲と仲間たちが互いに顔を見合わせた。

当たりだ。というより、これは読み違えようもない。

しかし、三人の反応は龍之助の思っていたものとは少し違っていた。まさか、自分が言い当てたことで驚いているのか。本気で、この自分のことを馬鹿だと思っていたのか。

「おい、てめえら。俺だけがお蝶さんから優しくされているからって、妬むのはみっともないぜ」

龍之助が哀れみの言葉をかけてやると、勲たちの表情はますます妙なものとなった。

「あのなあ。お蝶さんは誰にでも優しい。別にてめえにだけ優しいわけじゃねえんだよ」

「それに、俺たちとてめえじゃ、俺たちの方がもっと優しくしてもらってる。てめえよりもずっと古い付き合いなんだからな」

町火消したちが、逆に龍之助を哀れんできた。

付き合いの長さを持ち出されると、龍之助に勝ち目はない。過去だけはどうしても変えられないのだから。

「確かに、俺は新参者さ。つまりは、古い馴染みが新参者を妬んで、追っ払おうって算段かい？　まあ、聞いてやるつもりはねえけどな」

「腕っぷしで決めようってんだな」

勲がすごんできた。

「てめえらだって、端(はな)からそのつもりだろ」

龍之助はうっすらと笑いながら言い返してやる。

「いいだろう。俺が一人で相手してやる」

勲が法被を脱ぎ、それを仲間の一人に手渡しながら言った。

「は？」

てっきり三人がかりで跳びかかってくると踏んでいた龍之助は驚いた。その表情から、龍之助の内心を読んだのだろう。

「てめえ一人に、三人がかりなんて、みっともねえ真似、できるかってんだ」

と、勲が不服そうに口を尖らせた。

「いいか。俺たちの望みは一つだ。いすず屋へ二度と来るなと言いたいとこだが、そこまで言えば、女将やお蝶さんに叱られるだろう。だから、いすず屋に来るのは勝手だが、お蝶さんに色目を使うんじゃねえ。すっぱり、きっぱり、お蝶さんのことはあきらめろ」

「何だと」

予測していたこととはいえ、面と向かって言われると、龍之助は頭に血が上るような怒りを覚えた。

「俺のお蝶さんへの想いを、俗な男と一緒にするんじゃねえよ。俺のお蝶さんへの想いはなあ……」

「ああ、そういう話はどうでもいい」

力強く訴えようとした龍之助の言葉は、勲から遮られてしまった。

「どんなんだろうと、男が妙な気を持って、お蝶さんの周りをうろつくのを見過ごすわけにはいかねえんだ」

「力ずくで、邪魔な虫を追い払おうってのか」

「まあ、そうだ」

勲は淡々と認めた。

「そんで、お前が最後にお蝶さんを落とそうってのか。それとも、そっちの二人のどっちかか」

「そんなんじゃねえよ」

「そんなんじゃねえなら、どうして俺に喧嘩を売る?」

龍之助が切り込むように尋ねると、勲がなぜか一瞬だけたじろいだ。

てめえが邪魔だ、気に食わねえ、お蝶さんには釣り合わねえ——などという罵声が飛んでくるかと思いきや、そうはならなかった。

どうも妙だ。

勲たちが自分のことを気に食わないのは確かなはずなのに、今の話の流れのどこに、彼をたじろがせるものがあったのだろう。

龍之助は深く物事を突き詰めるのが苦手だ。あれこれ考えるくらいなら、腕っぷしでけりをつけてしまった方が早い。

だが、何かが違うという気がした。このまま喧嘩を始めてしまってはいけないような勘が働いた。

(考えろ。勲はどうして言い返してこなかった？)

お蝶のことで龍之助を目障りに思っているのは事実だが、喧嘩を売る原因は他にもあるということか。

その瞬間、かつて自分の頭が経験したことのない衝撃を覚えた。

(冴えてるってのは、こういうことを言うんだな)

間違いない。お前らがお蝶を落とすのかと訊いた時、「そんなんじゃねえ」と返してきた勲の表情は真剣そのものだった。

(なら、こいつらはお蝶さんに惚れてるわけじゃねえのか。いや、お蝶さんの前でにやけてる間抜け面は何度も見てきたし……)

ここまで考えたところで、限界が訪れた。

もうこれ以上考えたところで、答えにはたどりつけない。あとは、腕っぷしで訊けばいい。

「それじゃ、俺が勝ったら教えろよ」

龍之助は思い切りすごんでみせた。

「てめえらが、お蝶さんから俺を引き離そうとする本当の理由をさ」

「…………」

「下手な言い訳や嘘は通じねえぞ。喧嘩でけりをつけるんだからな」

「……いいだろう。その代わり」

勲が低い声で言いながら、龍之助を睨み返してきた。

「俺が勝ったら、さっきの約束を守ってもらう。お蝶さんのこと、きっぱり、すっぱりあきらめてもらうぜ」

「そう言われちゃ、死んでも負けられねえ」

全身を熱い血がかけめぐっていくのを感じながら、龍之助は拳を構えた。息を大きく吸い込み、ゆっくりと吐き出す。

「行くぞっ」

「おう！」

男たちは掛け声と共に、ぶつかり合った。

四

大名火消し、加賀鳶といえば、派手なことと男っぷりのよさで知られている。町火消しどもはそれには劣るが、まあ、派手なことに変わりはない。

火事を収めて、江戸の町民たちを助けているし、世の中の役にも立っている。人々もそれを知っているから、火消したちを盛り立ててくれる。

岡場所では加賀鳶と言っただけで、女たちからもてはやされると聞いたこともあった。

だから、龍之助は自分の仕事と立場に大きな自負を持っていた。そこらのならず者とは違う。

とはいえ、乱暴者に生まれついた性は、鳶職に就く前も後も変わらなかった。人々から感謝されたり、もてはやされたりしている時より、火事場で物を壊したり、気に入らない奴と殴り合ったりしている方が心は躍る。自分らしく自然に息ができる、生きている、と身に沁みて思うことができた。

今もそうだ。

拳を交えて語り合う――とはよく言ったもので、その言葉の意が龍之助には大いに分かる。この日も、勲の拳で腹を殴られ、自分の拳を勲の頬に叩き込み、それをくり返すうち、何となくだが伝わってくるものがあった。

――やるせねえ。苦しい。

勲の拳はそう訴えていた。

お蝶に根差した感情であることに間違いはないが、それがどういう経緯で生まれてきたのかまでは分からない。

だが、これだけは分かった。龍之助がお蝶を思い浮かべる時に感じる、爽やかで甘い仕合せな心地とはまったく異なるものである、と――。

――それを教えてもらうぜ。

勲の気持ちなどはどうでもいいが、お蝶が関わっているのであれば、話は別だ。それに、負ければお蝶をあきらめろと言われたからにゃ、どうあっても負けるわけにはいかない。

――俺がお蝶さんをあきらめるなんざ、天地がひっくり返ったって……。

「あり得ねえんだよ！」

龍之助は右の拳を思い切り、勲の頬に叩きつけた。

勲の体が吹っ飛んだが、倒れる寸前で踏みとどまりやがった。

（ちくしょう。これで終わりにできると思ったのによ）

龍之助は再び身構える。

勲が顔をしかめて唾を吐いた。血が混じっている。

「ちっ！」

勲が不愉快そうな舌打ちをし、切ったところに触りでもしたのか、さらに顔をしかめた。

「おい、勲」

仲間が心配そうな声をかける。もうやめた方がいいという仲間の説得で、やめてくれるのなら、それに越したことはない。

「余計な口出し、するんじゃねえ」

勲が猛々（たけだけ）しい声で言い返した。

（ま、そうなるよな）

一対一の、意地をかけたぶつかり合いで、先に負けを認めるなど、格好が悪くてできるものではない。結局は、一方が気を失うまで戦い続けなければならないのだ。

「続けていいんだよな」

龍之助は拳を構えたまま、わざと余裕のある口ぶりで訊いてやった。勲を怒らせて、判断と注意力を損なわせ、さっさとけりをつけるためだ。

「…………」

ところが、勲の反応は龍之助が思っていたのと違っていた。急に黙り込むなり、構えも解いて、じっと龍之助を見据えてきたのである。

(どうも調子が狂う)

拳を交えたのは初めてだが、こんな奴だったろうか。自分と同じように喧嘩っ早くて、男の値打ちは腕っぷしと考えるような野郎だと思っていたのだが……。

「やめだ」

低い声で、勲は告げた。負けたくせに偉そうな物言いである。

龍之助はかちんときた。

「負けを認めるんなら、やめてください、だろ。やめるかどうかを決めるのはこっちなんだよ」

「負けてねえ」

勲はどすの利いた声で言い、龍之助を睨みつけてきた。

「けど、やめてやるって言ってんだ。お蝶さんをあきらめろってのも、ひとまずは取り下げてやるよ」

「ふん。なら、てめえらが俺に喧嘩を売ってきた理由も教えてくれるんだろうな」

「…………」

勲の眼差しが複雑な色を帯びる。さらに畳みかけたくなるのを、龍之助は必死でこらえた。

「いいだろう」

しばらく経ってから、勲は顔をしかめながら言った。

「けど、負けたから教えてやるんじゃねえぞ。てめえがあんまりしつけえから、本当のことを教えてやった方が身のためだと思い直しただけだ」

「本当のこと……？」

「ああ。聞かないまま、俺に負けといた方がよかったと、思うかもしれねえがな」

聞かずにおいた方がよいと思うようなこと――？

龍之助の胸がどくんと高鳴った。勲が嘘を吐いていないことは分かる。

だが、それが何であれ、お蝶のことで聞かずに済ませてよいことなど、あるはずがない。

「聞かせてくれよ。それがどんな話でも、てめえを恨んだりするようなぶざまな真似はしねえからさ」

龍之助の言葉に、勲は無言でうなずいた。

それから、山上の方へ顔を向け、「行くぞ」と龍之助の顔は見ずに言う。龍之助は草むらに放り出した法被を拾い上げると、先に歩き出した三人を追って、山道を登り始めた。


勲が選んだのは愛宕権現の境内の中、参拝客たちが来る拝殿からは見えない奥の一角であった。

人もなく、内密の話をするにはもってこいだ。四人は銀杏の木の根方にどっかりと座り込み、勲が初めに口を開いた。

「お蝶さんには心に決めた人がいた」

さすがに、その程度のことは龍之助も察しがついていた。「いた」か「いる」かの判断はつかなかったが……。

「それで？」

龍之助はさほど動じることもなく、訊き返すことができた。

「そう急かすな。単純な話じゃねえんだよ」

急かしたつもりはなかったが、勲は自分を落ち着かせるように言った。その様子に、よほど複雑な事情がからんでいると想像できたので、龍之助は黙っていた。

勲は気を取り直すと、語り出した。

「俺の前に、め組の纏持ちだった兄貴だ。源太（げんた）といって、お蝶さんと夫婦（めおと）になる約束を交わしていた」

なるほど、そういうことか。

だが、その源太なる男は今、お蝶の周りにいない。現に、纏持ちは勲に代わっている。では、源太はどうしたのか。まさか、死んだとでもいうのだろうか。

「源太の兄貴がいなくなったのは五年前だ」

「いなくなった？　行方知れずってことか」

龍之助は少しばかり身を乗り出して訊き返した。

「消えたのは火事場だ。纏は残っていた。纏が放り出されていたのは、逃げ遅れた餓鬼を見つけて、その助けに入ったからしい。そこまでは分かってるし、餓鬼も無事だった。けど、その後の行方が分からねえ。餓鬼もよく覚えてなかった」

「その、火にやられて……命を落としたってことじゃねえのか」

訊きにくいことだったが、龍之助は思い切って訊いた。火消しの仕事は命を懸けるものだ。それは、この仕事をしている以上、ここにいる誰もが承知していることであった。

「初めは……そう思われてた。人死にも出るくらいの火事だったしな。素性の分からねえ仏さんも出た。ただ、その中に源太の兄貴と思われるものはなかったんだ。けど、生きてるなら帰ってこねえわけがないだろ。それで、結局、仏さんになったんだろうと、俺たちは無理に自分を納得させるしかなかった」

「お蝶さんは……？」

「源太は死んでねえと言ってたよ。俺たちの前では、涙の一つも見せず、絶対に源太は帰ってくると言い張ってたな」

勲が他の二人に目を向けると、二人ともおもむろにうなずいた。

「ああ、気丈で凛としてた。立派だったよ、お蝶さんは」

「怖いくらいにな。源太の兄貴が生きてると言う時は、何かに憑かれてるみたいな目をしてたし」

立派でもあり、哀れでもあった――ということなのだろう。

「けど、どんなに気丈でも女だからな。五年前も、お蝶さんはいすず屋で働いてたんだが、間もなく仕事を辞めて、おりくさんのおっ母さん――太々餅を売ってたおゆう婆さんっていう人だが、そこに預けられた。しばらく、そこでおゆう婆さんと静かに暮らしてたそうだよ」

そして二年前、再びいすず屋の女中として戻ってきた時、お蝶は以前のように明るくなっていた。勲たちは、おっかなびっくりお蝶に接していたそうだが、少なくともお蝶が取り乱したり、沈み込んだりする姿を見たことはないという。

「今じゃ、俺たちもお蝶さんに気をつかうことなく相対しているさ。けど、この二年、お蝶さんの前で源太の兄貴の話をしたことはない」

勲の眼差しがまっすぐ龍之助を射貫いてきた。

龍之助は目をそらした。

お蝶が、源太とやらは生きていると言ったのなら――そしてこの二年、源太のことを口にしていないのなら、彼女の気持ちに変わりはないということなのだろう。

死んだという事実がはっきりすれば、それはそれで悲しいだろうが、先に進める。だが、はっきりしたことが分からないまま、時だけが過ぎていくのは真綿で首を絞められているも同じだ。

纏持ちは勲が代わりを務められても、お蝶の相方の代わりにはなれない。もちろん、今のままでは龍之助も、決してお蝶から相手にしてもらえないだろう。

（そうか。こいつもお蝶さんのこと……）

勲は苦しんできたのだろう。その目に、何も知らない龍之助はたいそうのんきな男に映ったはずだ。

だが、知ってしまった今、龍之助も同じ苦しみを背負うことになってしまった。

「これで、気が済んだら、お蝶さんのことは……」

勲が再び口を開いた時、龍之助は顔を上げて、勲の目をまっすぐ見据えた。

「それを言われる筋合いじゃねえ」

喧嘩に勝ったとも言えないが、負けてもいない。それに、お蝶をあきらめろという言葉を、勲はいったん取り下げたはずだ。

「……そうだったな」

勲は気まずそうに引き下がった。

「俺はあきらめねえよ。けど、今聞いたことをお蝶さんにぶつけて、苦しめるような真似はしねえ。それは約束してやる」

「上の立場から物を言うんじゃねえよ」

勲が不愉快そうに口を尖らせる。

「喧嘩をやめたいと言うお前に、俺が従ってやったんだ。当たり前だろ」

「ちっ」

舌打ちした勲が、何を思ったか、ふてぶてしい笑みを浮かべた。

「まあ、いい。いったん取り下げるとは言ったが、てめえの邪魔をしねえと約束した覚えはねえからな」

「何だと」

「正々堂々と邪魔してやるって言ってんだよ」

決着をつけたけりゃ、いつでも受けて立つ——と勲の目が言っている。

「そうかい」

勝手にしろと、龍之助はそっぽを向いた。妙にすがすがしい、晴れ晴れした気分になってしまったことを、相手に悟られるわけにはいかなかった。

五

加賀蔦の龍之助が勲たちに連れられて、茶屋を去ってからしばらく経った。が、どちらも戻ってくる気配がない。

茶を飲んで帰った龍之助はともかく、勲たちは用事が済んだら――その用事がひどく物騒なのだが――戻ってくるのではないか、と思っていたのに。

「適当に暴れて気が済んだら、うちへ来ようとしてたことも忘れちまってんのさ」

おりくはさばさばした口調で言うが、暴れた後のことがお蝶は気にかかる。あれだけ体格がよく、腕っぷしに自信のある男たちが、容赦なく殴り合えば怪我の一つもしないはずがない。

お蝶がそのことを言うと、「子供じゃあるまいし」とおりくはあきれた声を上げた。

「怪我をしたなら、自分たちで何とかするだろうよ。まさか医者に行けなくなるほど、叩きのめしたりはしないだろ」

おりくの言う通りだろうとはお蝶も思うのだが、何となく胸騒ぎがして落ち着かなかった。

そんな時、いつものように一柳がやって来た。

「いらっしゃい。お茶でよろしいですか」

空いている縁台に腰かけた一柳に挨拶すると、「お蝶さん」といつになく深刻そうな表情で呼びかけてくる。

「今日は町火消しの兄さんたちは、来てないのかい？」

「あ、ええ。勲さんたちが一刻ほど前に来たんですけど、用事ができたとかで、お茶は飲まずに帰っちゃいました」

「用事ができた？」

「……ええ。先にここへいらしていた龍之助さんと連れ立って」

「まさか、喧嘩じゃないだろうね」

喧嘩をすると言っていたわけではないが、そうなりそうな雰囲気ではあった。

お蝶が黙っていると、

「どこへ行ったか、知ってるかい？」

と、一柳は続けて尋ねてきた。

「いえ、そこまでは」

お蝶が首を横に振ると、一柳は深々と息を吐き出した後、続けた。

「知り合いの俳句仲間と、すぐそこで会ったんだけどね。愛宕山へ俳句を作りに行った帰り道で、何だか物々しい火消しの一行と出くわしたんだって。今にも果たし合いでも始めるんじゃないかと思ったそうだよ」

「果たし合いだなんて。火消しは刀なんて使いませんよ」

「刀を使わなくたって、拳で人を殺める男だって、世の中にはいるんだよ。まあ、そこまで馬鹿じゃないと思うけれどね」

聞いてしまえば不安は余計に募っていく。一柳の俳句仲間に見られたのが勲と龍之助たちなら、愛宕山へ行けば、彼らがどう始末をつけたか分かるだろう。

お蝶が行って、やめてほしいと頼めば、それを振り切ってまで喧嘩を続けるような人たちではないと思う。いちばん効き目があるのは、おりくからの叱責だろうが……。

「その話、俺も聞きましたよ」

と、その時、一柳と背中合わせに座っていた男が会話に加わってきた。商家の手代ふうの格好をしている。

「愛宕山からあたふたと下りてきた人と出くわしましてね。その人たち、喧嘩がおっぱじまりそうなんで、巻き込まれちゃかなわないと、急いで下山したって言ってましたねえ」

龍之助と勲たちがただならぬ様子で向かい合う姿が目に浮かんだ。もうこのまじっとしてはいられない。

「女将さん、お願いがあります」

お蝶は一柳の茶を運んだ後、意を決しておりくに切り出した。一柳ともう一人の客から聞いた話を伝え、

「どうしても気になるので、愛宕山まで見に行かせてください」

と、深々と頭を下げる。

「まったく。そう言い出すんじゃないかと思ったよ」

おりくは大して驚きもせず、苦笑しながら言った。

「はい、これ」

いつの間に用意していたのか、手に余るほどの風呂敷包みを渡された。

「今、手もとにあったさらしや薬だよ。ちょっとした傷につける薬しかないけ

ど、まあ、馬鹿どもに効きそうならつけておあげ」

「ありがとうございます、女将さん」

お蝶は風呂敷包みを抱えて、もう一度頭を下げた。

「それから、次は覚悟を決めて来な、と伝えとくれ」

「分かりました。皆、怖がるでしょうけれど」

勲や龍之助らの、苦虫を嚙み潰したような顔が思い浮かび、お蝶は苦笑した。

おりくと話をして、少し気持ちが軽くなった。

(こんな真似は二度としないよう、あたしからもちゃんと言わなくっちゃ)

お蝶は襷(たすき)をほどくと、

「行ってきます」

と、おりくに頭を下げ、急いでいすず屋を飛び出した。


門前町を抜けて、増上寺の北側の道を西へ進んで愛宕山へ。

先ほど勲たちが通ったのと同じ道を走って、お蝶は愛宕山へ向かった。途中、引き返してくる彼らと鉢合わせするのではないかと思ったが、そうはならず、愛宕山の麓へ到着した。

そこで、ちょうど下山してきた僧侶二人と行き合わせた。

「恐れ入ります」

お蝶は合掌して、僧侶に話しかけた。僧侶たちも合掌して頭を下げる。

「ここで喧嘩があったと聞きまして。もしかしたら、知り合いじゃないかと思って、来てみたんですが、何かご存じありませんか」

「ああ、さっきの……」

と、僧侶たちは顔を見合わせ、うなずき合った。

「拙僧(せっそう)どもは、喧嘩を見たわけではありませんが、山を登る途中、上から下りてくる男の方々に出会いました。おそらく火消しでしょうね」

「お二方は顔が腫れ上がり、ずいぶんと痛ましげなありさまでした。手当てをしましょうかと申し出たのですが、お一方はずいぶん急いでおられて」

「一人だけ、急いでいたのですか」

「はい。その方はご自分の持ち場に火が出たかもしれないとおっしゃっていました。山上からそれらしい煙を見たと——。とにかく急いで戻らなければならないとのことでした」

おそらく、それは龍之助のことだろう。ここから前田(まえだ)家上屋敷がある本郷の辺りまで、くっきり見えはしないだろうが、その方角に煙が見えたのならば慌てたのはうなずける。

他の三人は龍之助よりゆっくりと山を下りてきたそうだ。そのうちの一人は、龍之助よりひどい怪我をしていたが、残る二人が医者に連れていくと言っていたとか。

ならば、勲たちのことは心配ないだろう。

だが、龍之助は大事ないのだろうか。加賀鳶の持ち場へ馳せつけようとするくらいだから、怪我の具合が深刻でないのは分かる。しかし、万全な体調で臨んでも何が起きるか分からない火事場に、怪我をした体で向かったりすれば——。

お蝶は衿元に手をやった。そら豆のために用意してくれたという贈り物の鈴。気持ちを受け容れられない相手からの贈り物は、受け取るべきでなかったかもしれない。実際、これまではそうしてきた。だが、

——お猫さまの……。

今回は猫への贈り物だという言葉と、「お猫さま」と言う龍之助の剽軽な様子につられ、つい受け取ってしまった。今、思い返してみても、負担に思うよりは、素直にありがたいという気持ちが胸を占めている。

（でも、もし今日、龍之助さんの身に何かあったりしたら……）

自分はもう、この鈴をそら豆につけて、その走り回る姿をのんきに見つめるなんてことはできないだろう。

遠い昔、ふらりと芝神明宮に現れた旅の巫女から聞いた言葉が、なぜかこの時、耳もとによみがえった。

――女難の相をしているね。

まだ十歳にもならず、「女難」という言葉の意さえ分からぬお蝶に、その巫女は言ったのだ。

――どういうことかね。この子は女だ。女難とはふつう男に対して使う言葉だろう。

それを聞いた父が巫女に言い返した。

――女難を受けるのは、この子が関わる男たちだよ。お父さんかね、あなたも気をつけた方がいい。

巫女はそう言って、去っていった。

「女難ってなあに」と尋ねたお蝶に、父は「忘れなさい」と言った。それから数年が経って、お蝶は女難の意を知った。「あれはどういうことだったのか」と尋ねたお蝶に、父は大きな溜息を漏らした。それから、「気にしなくていい」と告げた。ただし、その言葉には続きがある。

——もしも将来、添い遂げたいと思う人が現れたら、その気持ちに従えばい い。けれど、どうしようかと迷うのなら、それ以上悩むのをやめて、その人の手を放しなさい。それが、その人のためでもある。

父は巫女の言葉を半ば信じていたのだろう。

ただ、怪しげな巫女の予言を丸ごと信じて、娘に一生独り身を通させようとまでは父も思わなかった。だから、どうしても一緒になりたい人がいるなら、一緒になればいいと言ったのだ。だが、迷って誰かと一緒になるくらいなら、一人でいた方がいい。父はそういう判断をしたということである。

その父は、お蝶が外でもらってきた風邪のせいで、お蝶が十五の年に亡くなってしまった。お蝶は治って元気になったというのに、なぜ父が……。そう思った時、巫女の言葉がよみがえった。

父は自分のせいで亡くなった。それはただの偶然ではなく、持って生まれた運命のせい——。

そう思うのはつらかったが、予言を信じて、世をすねたりはかなんだりしているわけにはいかなかった。父を亡くして一人になってからは、日々を生きるのに精いっぱいだったから。

巫女の予言は頭の片隅に残ってはいたが、ふだんは忘れていられた。それを思い出すのは、自分の人生に「女難を受けるかもしれない男」が関わってきた時だけだ。

源太に出会った時、そして思いもかけず互いに恋に落ちた時、お蝶は死ぬほど悩んだ。源太の手をつかむべきか、放すべきか。迷うなら手を放せと父は言ったが、巫女の予言がなければ、一生を添い遂げたいと思う気持ちに迷いなどはなかった。それでも、自分が源太の手をつかむことで、源太が難をこうむることになるのだとすれば――。そうなる根拠など何もなくとも、お蝶は踏み切れなかった。

ちょうどその頃だった。享保十六（一七三一）年四月十五日、江戸の町を焼く大火が起きたのは――。

この日は、昼間に目白で出た火が折からの風にあおられ、牛込から市ヶ谷の辺りまで焼き尽くした。これはお蝶たちの暮らす芝とは離れていたが、昼八つ頃、別の火の手が麹町から上がる。この火は辺り一帯を焼け野原にした後、芝三丁目から神明町まで燃え広がってきた。お蝶ら住人は避難を余儀なくされ、源太らめ組の火消しは鎮火に出向いた。

火事と喧嘩は江戸の華——と言われるように、火事は決してめずらしいものではない。しかし、これほどの大火は、お蝶にとって生まれて初めてのことであった。

空を焦がす猛火にもうもうと噴き上げる煙、強風によってあおられる火は災厄の神そのものだった。

源太の身に何かあったら……。

急に不安に駆られたのはこの時のことだ。源太の仕事の苛酷さを知らなかったわけではない。場合によっては落命もあり得ると、頭では分かっていた。だが、それでも、心のどこかで楽観していたのだ。あの強くたくましい源太に何かあるはずがないと——。だが、この日の大火はそんな淡い望みなど一瞬で粉々にしてしまうほどの猛威であった。

鎮火したのは夜の四つ時（午後十時頃）。

大仕事を終えて帰るめ組の一行を、熱い歓声を上げる町の人々と一緒にお蝶も見た。

真ん中に大きく「め」と書かれた籠鼓胴の纏を持ち上げる源太を目にした時の、大きな安堵と胸苦しいほどの熱い喜び。一生忘れることはないだろうと、その瞬間確信した。

その時、源太の眼差しがお蝶の方へと流れてきた。大勢の見物人たちの中に埋もれていたお蝶の居場所がどうして分かったのか、迷うことなくまっすぐ注がれてきた眼差し。お蝶は凍りついたように動くことができなかった。

それから数日後、復興の進む神明町の外れで再会した源太は、お蝶に言った。悩みがあるのなら自分にすべてぶつけろと——。そのために、自分はお蝶のそばにいるんじゃないかと——。

あの火事の際、源太の身に何かあるのではないかと恐ろしい不安の時を過ごした後、それでも怪我一つない姿で戻ってくれた源太に、お蝶自身もそれまで以上の離れがたい気持ちと、この人ならば大丈夫という確かな信頼を抱き始めていた。それで、思い切って巫女の予言と父の言葉、そのすべてを打ち明けた。

——そんなことか。

と、源太は軽やかに笑った。

——俺は強い。お前に厄病神が憑いていたって、俺がひねりつぶしてやるよ。

源太なら本当にそうしてくれそうだと、お蝶はその時信じた。

そして、源太の手を取った。

源太がお蝶の前から姿を消したのは、それから一年も経たぬうちのことであった。

六

源太の身に何が起こったのか、正確にはお蝶もいまだに分かっていない。火事場での失踪は、あの巫女の不吉な予言の結果なのだろうか。

——女難を受けるのは……。

巫女は、父にも気をつけるようにと言っていた。そして、父は本当にお蝶のせいで早死にした。

つまり、難を受けるのは恋人や夫になった男とは限らない、ということである。

(龍之助さん……)

龍之助はまったくの赤の他人だ。茶屋で働く女中と、その茶屋の客——という関わりはあるが、男の客なら他にも大勢いる。それだけで難をこうむることにはなるまいと思っていたが……。

お蝶の手は自然と鈴を収めた衿元へ行く。

(あたしに情をかけようとしてくれた)

受け容れるつもりがないのなら、もっときっぱりと断るべきだったのではないか。鈴も受け取るべきではなかった。自分への贈り物ではなく、そら豆への贈り物なのだから——などと甘いことを考えてはいけなかったのだ。

(あたしは源太の時も、きっと大丈夫、何も起こるはずがないと安易に考え、自分にそう言い聞かせていた)

源太がいなくなってしまったのは、そうした自分の甘さのせいではなかっただろうか。神さまがそんな自分に罰を下した結果……。

当たるかどうかも分からない予言に、振り回されすぎているという自覚はある。ふだんならば、振り回されてはいけないと自制することもできた。

だが、源太のことがあって以来、お蝶の中には臆病な心が住み着くようになってしまった。

自分に深く関わった男は難をこうむるかもしれない。だったら、誰とでも浅い関わりにとどめておくしかない。それが、他の誰かを父や源太のようにしない最善の生き方だ、と――。

お蝶は愛宕山の麓から、加賀藩の上屋敷のある本郷方面に急いで向かった。

大きな火事になっていれば、半鐘の音が聞こえてくるだろうし、それが聞こえてこないのだから大丈夫。龍之助が持ち場に到着した頃には、すでに火も消し止められているかもしれない。そもそも、本当に加賀鳶の持ち場で火事があったかどうかも分からない。愛宕山から見た煙だけでは、正確な場所までは分からなかったに違いないのだから。

不安をなだめる言葉が浮かんではくるものの、安心することはできなかった。

龍之助の無事な姿を見るか、彼の見た煙が火事でなかったと分かるまでは――。

（誰かの命が火で失われるのは、見たくない）

北へ向かうお蝶の足は次第に小走りになっていた。


源太の姿をお蝶が最後に目にしたのは、五年前の春まだ浅い頃のこと。

日も暮れてから、源太がお蝶の長屋に現れたのだ。

お蝶が源太と会うのはいすず屋で、ということが多かったが、恋仲になってからは一緒に蕎麦や鮨を食べに出かけた。お蝶の長屋に源太がやって来て、茶漬けや雑炊を振る舞ったこともある。大食らいの源太は何でもよく食べたが、特に好んだのは生まれ育った佃島の煮物だ。小魚などを濃い味で煮付けた佃煮があれば、飯は何杯でも食べられるというのが口癖でもあった。

お蝶の家へ来る時には、よく佃煮を持ってきてくれた。父親が漁師で、家へ帰る度、佃煮を持たされるのだと言っていたが、確かに源太の母が作る佃煮の味は絶品だった。

源太が来ると、独りで暮らすお蝶の部屋はいつも一変した。冬の夜から唐突に夏の真昼が来たような変わりよう。大袈裟ではなく、本当にそう思えるくらい、源太は見た目も気質も明るく温かい人であった。

その彼が、最後に会った日だけは様子が別人のように違っていた。

いつもならば、外から戸を叩きはしても、それと同時に「お蝶、来たぞ」と隣近所をはばかることもない声を上げるのだが、その日はほとほとと戸を叩くだけだった。

時刻は夜の五つ（午後八時頃）から四つの間だったろう。

訪ねてくる相手など源太しかいなかったから、彼だろうとは思いつつも、お蝶は「どなたですか」と問うた。

「俺だ」

としか答えぬ源太の声はいつになくひそやかなものであった。隣近所をはばかるとはめずらしい――などと言って気楽に笑ってはいけないような、どこか切迫した気配も伝わってきた。

お蝶はすぐに戸を開けて、源太を中へ招き入れた。

そそくさと中へ入った源太は急いで自ら戸を閉めたが、その後もしばらく動かず、外の様子に気を配っている。

「なに？　喧嘩でもして、追われているの？」

お蝶は源太らしくないと思いながらも訊いた。喧嘩をするのはよくあることだが、その場から逃げ出すことは、源太に限ってあり得ない。

「そんなんじゃねえ」

と、源太はいつになく低い声で答えたが、お蝶の方を見ようともしなかった。なおも戸のところから動かず、外を気にしているのである。

お蝶はそんな源太を土間に残したまま、麦湯の支度を始めた。湯気の出る熱々の麦湯を茶碗に注いだ頃、ようやく源太はほっと息を吐いて、戸口から離れ、中へと上がってきた。

「熱いから気をつけて」

お蝶は言い、麦湯を勧めた。

源太は湯飲み茶碗を両手で握り、しばらくかじかんだ指を温めていたが、その指が震えていることにお蝶は気づいた。が、気づかぬふりをした。指摘しても、源太は決して喜ばないだろうし、下手をすれば機嫌を損ねるかもしれない。

ただ、指の震えが寒さによるものでないような気がしたし、そのことは気にかかった。

「……飯、残ってるか」

源太はやがて思い出したように訊いた。

「ご飯、食べてなかったのね」

源太が来ることになっている晩は、二人分――いや、お蝶を一人分とするならば三人分の飯を炊いておくのだが、この日はそんなに炊いていない。

「茶碗一杯分くらいの冷や飯しかないけど」

「それでいい。食べさせてくれ。お菜はなくていい」

といっても、まさか冷や飯だけでは喉を通るまい。

「源太がくれた佃煮が残っているから、それで茶漬けか雑炊でも……」

「そのままでいい。飯と佃煮を頼む」

お蝶の言葉を、源太は慌ただしく遮り、とにかく早く食べさせてくれと言う。

お蝶は逆らわず、釜に残っていた飯を一粒残らず茶碗に盛り、残っていた浅蜊と蜆の佃煮をぜんぶ皿に載せて出した。

源太は佃煮を冷や飯の上に載せると、先ほどの麦湯をその上からぶっかけた。それから箸でかき混ぜると、飯が湯でほどよくふやけるのも待たず、茶碗をつかんだ。

静かな早春の夜、さらさらと茶漬けをかき込む音だけがお蝶の耳を打つ。

源太にとっては、とうてい一食に満たぬ量であったろうが、それでも食べ物を口にし、落ち着きを取り戻したようだ。

「ごちそうさん、美味かった」

と、茶碗と箸を置いて、手を合わせた時、源太の目はいつものように温かくお蝶に向けられていた。

「何か、あったの」

そろそろ訊いてもよい頃合いだと思い、お蝶はおもむろに尋ねた。

和らぎつつあった源太の表情が再び強張（こわば）りかけたが、源太はお蝶から目をそらしはしなかった。

「……ああ」

低い声で、源太は答えた。

「だが、何が起こったのか、俺にもまだよく分からねえ。それに、何かが起きるのはこれからなのかも……」

やや混乱した表情を浮かべながら、源太は自分が何者かに付け狙われているかもしれないと告げた。決して襲われたわけではなく、自分を付け狙う相手の顔を見たわけでもないという。

「過去にいざこざのあった喧嘩相手じゃないの？」

お蝶が尋ねると、源太は少し考えた末、そうかもしれないと言った。心当たりがある、というより、思い当たる相手が多すぎてしぼりきれないのだろう。

確かに、源太は喧嘩っ早く、それで負けることもなかったから、喧嘩をする度に源太を恨む相手も増えていたのは事実である。だが、その手の類であれば、源太が恐れるような相手ではない。そして、源太の勘のよさをもってすれば、自分を付け狙っている相手が恐れるべき者かそうでないか、分かるはずであった。

それなのに、その晩の源太は、明らかに相手を恐れているふうに見えた。

「一人で出歩いたりして、平気なの？」

お蝶は源太がここまで一人で来たことに思い至り、不安になった。さらに、人目のある昼間ならばともかく、夜になってから源太を一人でここから帰すことにも躊躇いを覚えた。

「俺を誰だと思ってる。『め組の源』だぞ」

源太は自分の通り名を、少しおどけた様子で口にし、大丈夫だと言った。口もとには笑みも浮かべていたし、蒼ざめていた顔色も徐々によくなってきていた。

それでも、その晩、お蝶は源太を一人で外へ出すことが不安で、長屋に泊めた。

明け方になって、源太は帰っていく時、

「この先、俺に何かあったら……」

と、急に言い出した。自分に向けられた目のかつてない優しい色にどきっとしながら、

「それ、どういうこと？」

お蝶は前の晩以上の不安に心をつかまれ、訊き返した。自分でも知らぬうちに

源太の袖をつかんでいた。

「そんなに大袈裟に考えるな。昨日言ったろ。これから何かあるかもしれねえって」

「それって、ひどい目に遭わされそうだと思ってるってことよね。それなら、め組の親分さんや勲さんのお兄さんに——」

「まだそこまで確かなことは言えねえよ。けど、お前も気をつけろ。そう言いたかっただけだ」

そう言った時の源太の表情は決して深刻なものではなかった。お蝶がいつになく不安を見せたため、それ以上不安がらせまいとの気遣いだったのだろう。

だが、そのせいで、もしかしたら源太は言わんとしていた何かを言いそびれてしまったのかもしれない。もしかしたら、源太を不安にさせている事情をもう少しくわしく話すつもりだったかもしれないのに。

気をつけろという言葉を最後に、源太は朝早く帰っていった。

め組の持ち場で火事が起こり、火消しに出向いた源太がいなくなったのは、それから三日後のことであった。

火事が収まった後、源太が持ち場におらず、帰ってもこないと聞かされた時、お蝶は目の前が真っ暗になった。

「お蝶っ！」

一緒に話を聞いてくれたおりくが手を差しのべてくれたが、体に力が入らない。そんな中、一つの声をお蝶は聞いていた。

——女難を受けるのは……。

あの怪しげな巫女の予言であった。


気がつくと、お蝶は見覚えのある景色の前にいた。

茶屋や土産物屋が建ち並び、参拝客の人でにぎわう門前町。お蝶が馴染んだ芝神明宮の門前町に似てはいるが、ここは湯島天神の門前町だ。

湯島天神には何度か来たことがある。

そして、ここまで来れば、加賀藩上屋敷はすぐそこだった。

日本橋、神田という人の多い場所も通ってきたはずだが、考えごとをしていたせいか、まったく記憶にない。馴染みのある門前町のにぎわいに触れて、急に我に返ったのだった。

ここにいる人々の顔つきを見回してみると、ごくふつうの参拝客のもののように見えた。

「失礼ですが」

お蝶はとある茶屋のいちばん端の縁台に腰かけている老人に声をかけた。どことなく一柳を思わせる風情で、年の頃も似通っている。

「今日、この近くで火事がありましたか」

「ああ、それなら」

老人はすぐにうなずいた。やはり、火事はこの辺りで起きたようだ。

「加賀鳶の若い衆がすぐに駆けつけてくれたお蔭でね。出火先の家の離れだけで消し止めることができたそうだよ」

「そうだったんですね。火や煙にやられた方はいたのでしょうか」

「幸い、その手の話は聞いてないよ。そうそう」

老人は人の好さそうな笑顔で、思い出したふうにぽんと手を叩いた。顔立ちが似通っているというわけでもないのに、どういうわけか、一柳を相手にしているような気がしてならない。

「今話した加賀鳶の若い衆が、ここから二軒先の茶屋に入っていくのを見たよ。この店がちょいと混んでたもので、あきらめて奥の店へ行ったんだ」

「ありがとうございます」

話を聞くなり、お蝶は老人から教えられた奥の茶屋へと急いだ。

龍之助がいるのではないかと期待が先走る。教えられた茶屋は先ほどの老人がいたところよりも大きく、外には縁台も設えられていた。

果たして、その席に龍之助は座っていた。派手な格好をした加賀鳶たちと一緒だ。

「お蝶……さん?」

龍之助もすぐに気づいた。唇が腫れ上がり、額にはたんこぶ、頬には大きな痣を作って、一瞬本人かと疑ってしまったほど、ひどい怪我をしている。それでも、どこかやんちゃそうな、生き生きとした明るい目の色はいつもと変わらなかった。

「龍之助さん、無事だったんですね」

体の力と緊張が一気に抜けていく。とにもかくにも龍之助は仲間たちと茶を飲めるくらいの元気があると分かり、心の底から安堵した。言いたいことがないわけではないが、他の加賀鳶と一緒にいるところに割って入らなければならないほどのことでもない。

「誰だよ、龍。あのすらりとした別嬪さんは？」

「まさか、お前がこのひでえ見てくれになったのは、あのお嬢さんのためか」

龍之助とお蝶が見つめ合っているのを見て、周りの加賀鳶たちが龍之助をひやかし始めた。

「そ、そんなんじゃねえ。いや、そんなんじゃねえんじゃなくて……」

初めは勢いよく言い返した龍之助が、途中からしどろもどろになっている。

「あたしはこれで」

お蝶は茶屋へは入らず、背を向けて歩き出した。とにかく、今日は龍之助が無事だと分かっただけでいい。

「お蝶さん！」

先ほど老人と話した茶屋までも行き着かぬうちに、後ろから呼び止められた。龍之助が追いかけてきたのだ。

お蝶は足を止めて振り返った。龍之助が一歩ずつ近付いてくる。目の前で見ると、龍之助の怪我は思っていた以上にひどかった。

「勲さんたちと喧嘩したんですね」

「え、あ、まあ。けど、最後はちゃんと手打ちとなったし」

龍之助がどことなく気まずそうに顔をしかめた。

お蝶は手にしていた風呂敷包みをそのまま龍之助に押し付けた。

「これで怪我の手当てをしてください。勲さんたちは医者に行ったそうです。龍之助さんもきちんと手当てして、必要ならちゃんとお医者さまに診せてください」

「これを、俺のために——？」

「龍之助さんとその喧嘩相手のために、女将さんがご用意してくれたものです」

「でも、どうしてわざわざ本郷まで？」

龍之助は信じられないという様子で目を見開いている。

「こっちで火事があったと聞いたからです。怪我をした龍之助さんが火事場で無理して、もっとひどい怪我でもしたら……」

「お蝶さん……」

お蝶は龍之助から目をそらした。

「怪我だけじゃすまないことだって、あるんですから」

あえて淡々と言ったが、目を閉じると、最後に会った源太の顔が浮かんでくる。

胸が苦しくなって、お蝶は何度か深呼吸をした。

「すまねえな、お蝶さん。これ、ありがたく使わせてもらうよ」

龍之助は頭を下げた。いつになく神妙なその態度に少し違和感を覚える。今日は痛い目に遭ったせいでおとなしいのだろうか。

鈴を返すべきだろうかと迷いながら、お蝶は目を戻した。だが、しょんぼりとうなだれている龍之助を見ると、いったん受け取ったものを返すことはやはりできなかった。

「くれぐれもお大事に。そのお顔を治してから、またいすず屋にもいらしてください」

優しく言って、お蝶は踵を返した。

龍之助はその場で見送ってくれるようだ。

しばらく進んでから振り返ると、龍之助はまだ先ほどと同じ場所に立っていた。もう表情も見えないが、大柄の体が特に目立っているので、すぐに分かる。

お蝶は神田、日本橋を通って芝へ帰った。その途中、愛宕山に寄って、権現社に参拝していく。

――火消しの皆が怪我などしませんように。

――源太が無事でありますように。

愛宕山の麓へ下りた時にはもう、日暮れも間近に迫っていた。

家へ着いたら、すぐにそら豆に鈴の音色を聞かせてあげよう。どんな顔をするだろうか。端切れで首輪を作って、さっそくつけてあげなくては――。

さまざまなことに揺さぶられた一日が終わろうとしている。肩の荷を下ろしたお蝶は、ようやく穏やかな気持ちになって家路を急いだ。

第三話　百万石の花屋敷

一

め組の纏持ちである勲と加賀鳶の龍之助が、愛宕山中で取っ組み合いをしてから数日後、江戸の桜はほころび始めた。

芝神明宮の境内にも数本の桜があり、参拝客たちの目を喜ばせているが、桜目当ての人はやはり増上寺の方へ向かうらしい。満開の頃には、門前茶屋も客で大にぎわいになる。

そんなある朝のこと、お蝶はいすず屋へ到着するなり、

「昨日、おっ母さんのところに届いたってんで、あたしが預かってきたよ」

と、おりくから一通の書状を渡された。

おりくの母であるおゆうは、ここからほど近い芝新銭座町の一軒家で独り住まいをしている。お蝶は一時期、その家に身を寄せていたことがあり、そこへお蝶への便りを届ける相手といえば限られていた。

表書きには美しい女の文字で「おてふ殿へ」とある。中を読む前から、お蝶は胸が熱くなった。

「店を開ける前に読んじまいな」

と、おりくに勧められ、お蝶は急いで書状を開けた。

送り主はお蝶の幼馴染みで、今は加賀藩の上屋敷で暮らすお貞である。お貞の父親は、お蝶の父と同じく、芝神明宮の神職だった。その縁で自然と幼馴染みになったわけだが、美代のような同年輩の遊び友達ではない。

お蝶より八つも年上のお貞は、どちらかというと姉のような人だ。お貞にはお民という実妹がいたのだが、このお民が加賀藩上屋敷の奥女中となってからは、その寂しさを埋めるようにお蝶をかわいがってくれた。

もっとも、お民が百万石の藩主、前田吉徳のお目に留まって側室となるや、お貞はそのそば仕えとして屋敷へ上がり、やがては妹に続いて藩主の側室へ取り立てられた。

よって今では、お蝶が気軽に会いに行けるような人ではなくなってしまったわけだが……。

お貞からの書状に一通り目を通して顔を上げると、待ちかねていたように、

「何て書いてあったの」

と、おりくが訊いてきた。

「二月の末日に、お貞さまが花見の宴を催されるそうです。身近な人だけの小ぢんまりとしたものだそうですが、その席にお招きくださったんです」

できるだけ平静に言おうと思うのに、お蝶の声はかすかに震えた。

「よかったじゃないの。それじゃあ、支度は念入りにしなくちゃね。おっ母さんに任せておけば大丈夫」

おりくは明るく弾んだ声で言った。

今は気ままな隠居暮らしをしているおゆうだが、かつてはこの門前町で太々餅を売っており、それ以前はどこぞの武家屋敷で奉公していた経験があるのだとか。

「おゆうさまには、お世話になってばかりで」

お蝶がおゆうの家に身を寄せていたのは、源太がいなくなってからしばらくの

間である。その後、お貞の誘いで、加賀藩上屋敷の奥御殿へ上がることになったのだが、身支度を調えるのに、どれほどおゆうに助けられたことか。

「おっ母さんは好きでやってるの。毎日暇を持て余して、ぶつくさ言ってるんだから。お前から頼られれば、嬉しくてたまらないのよ」

　おりくはあっさりした口調で言ってくれるが、おゆうとおりくの母娘には本当に世話になりっぱなしだった。何より茶屋の女中としてはとっくに薹（とう）の立ったお蝶が、いすず屋で働かせてもらえるのもおりくのお蔭だ。

「ところで、花見に合いそうな着物はあるのかい？」

　おりくが心配そうに訊いてきた。

　加賀藩の上屋敷へ上がっていた時、お貞から下げ渡された着物がいくらかある。それは、今の暮らしでは着る機会もないため、すべておゆうに預かってもらっていた。とりあえず、春夏秋冬、いつ呼ばれても着ていけるだけの着物はそろっていたはずである。

　そのことを言うと、おりくは小さく溜息を漏らした。

「それは、前にあちらで着ていたものだろ？　ああいうお屋敷じゃ、同じものを何度も着ていると、笑われるんじゃないのかい？　特に花見の宴なんて晴れの席じゃ……」

「それは、お貞さまみたいなお立場の方だけですよ。あのお屋敷じゃ、あたしは元女中で、たまたまお貞さまの昔馴染みというだけですから、誰も気にしやしません。お貞さまの恥にさえならなければ……」

その後、お蝶は改めて、当日は仕事を休ませてもらうこと、おゆうに支度を手伝ってもらうことについて、頭を下げた。

それから、いつものように店を開ける支度を始め、ふだん通りの一日が始まった。客を迎え入れれば、お蝶も忙しくなる。それなのに、花見の件が片時も頭から離れなかった。客と話をしている時も、湯を沸かしている時も、茶碗を洗っている時も。

自分としては上手に隠しているつもりだったが、どうしても会話が上滑りになってしまうのか、

「今日はどうかしたのかい？」

などと、常連客から訊かれたりもした。

こんなことではいけないと気を引き締めるのだが、その後も一柳から、

「何かいいことでもあったのかね」

と、訊かれる始末である。

「どうして、そう思われたんですか」

お蝶が訊き返すと、「何となく顔色を見て、そんな気がしてね」と微笑んでいる。すべてを見透かされていそうな気がして、お蝶は苦笑した。飄々としているようで、時折、胆の据わった鋭いことも口にする一柳は、前に勲が言っていたようにただ者ではないのかもしれない。

「実は、会うことの難しい大切な人に、近いうちに会えそうなんです」

「おや、それはよかった」

一柳は眉尻を下げて、にこにこした。

「大切な人と一緒にいられる機会は決して逃さない方がいい。いつ何が起きるかは、誰にも分からないからね」

一柳はお蝶が会う相手については何も訊かず、どこそこの桜は評判だとか、桜はいつ頃までもちそうか、などと他愛のない話をした後、「そうそう」と思い出したように言った。

「桜と言えばさ。不思議な話を知っているけど、聞きたいかね」

「ぜひ聞かせてください」

お蝶は、隣の長屋に暮らす幼い兄妹の顔を思い浮かべながら言った。

「ふむ。それでは、お聞かせしようかね。ある山里に私のような爺さんが暮らしていた。爺さんはある時、山に咲く桜の花に心を奪われちまってね。取り木して自分の庭でも花を咲かせようとしたんだ。ところが、庭には根付いたものの、桜はなかなか蕾(つぼみ)をつけない。そうこうするうち、爺さんが病にかかっちまった。年が明けても具合はよくならない。とうとう一月半ば頃、お迎えが来そうになってね」

「その頃だと、桜はまだ咲いてないですね」

「そうなんだよ。そんな時、孫の男の子が『桜が咲くのを見れば、お爺さんも元気になるんじゃないか』と思い立った。まだ雪の積もっている庭で、『どうか、お爺さんに花を見せてやってください』と一心不乱に祈ったんだ。その時、爺さんは桜の花が咲いた夢を見て、はっと目覚めた。胸騒ぎがして外へ出ると、何と、雪が積もった庭先で桜が満開に咲いているじゃあないか。桜の木の前には孫が倒れていた。爺さんは孫を助け起こすと、『お前が花を咲かせてくれたんだな』と言って泣いた。この奇瑞(きずい)の後、爺さんの病もすっかり治ったということさ。どっとはらい」

「いいお話ですね。お爺さんを思う男の子の優しさに、桜の木が感応したということなんでしょうか」

「ああ。庭の桜は取り木されたものだけど、元の木は老木だったんだろうしね。長く生きた木に神さまが宿る話はいっぱいある」

この話であれば、寅吉とおよしに寝物語で聞かせてあげることができそうだ。特に花の好きなおよしは喜ぶだろう。

また二人を預かる晩があれば、話してみようと心に留めつつ、お蝶がその日長屋へ帰ると、

「お帰りなさい、お蝶姉」

と、寅吉が隣から飛び出してきた。後ろからは「待ってよう」とおよしが続いたが、そのおよしを追い越して、飼い猫のそら豆が駆け寄ってくる。

お蝶が留守の間、寅吉とおよしにはお蝶の部屋でそら豆と遊んでもらっていたが、今はそら豆も二人に慣れたので、二人の家へ連れていってもよいという取り決めにしていた。

そら豆が走るのに合わせて、首輪につけた小さな鈴が、チリンチリンと涼しげな音を立てる。加賀鳶の龍之助にもらったこの鈴は、出合った瞬間、そら豆の興

味を引いた。ところが、首輪にして首につけると、今度はどうも気に入らないという目つきになり、何度か首輪をもぎ取ろうとさえした。あまり嫌がるようならあきらめるしかないかと思っていた矢先、首輪をつけたそら豆に、寅吉とおよしが歓声を上げたのである。「かわいい」「似合ってる」などと褒めちぎられたそら豆は、以来、首輪を嫌がらなくなった。それどころか、寅吉とおよしの前では、どことなく得意げな顔つきで、鈴を鳴らしながら走り回ってみせたりする。

——まるで三人きょうだいのようだわ。

と、寅吉たちの母のお夏とお蝶は笑い合っていた。

「二人とも、そら豆とお留守番をしてくれてありがとう」

お蝶は足もとに跳びついてきたそら豆を抱き上げながら、寅吉とおよしに言った。

「そら豆、今日はお蝶姉の部屋で、ちょいと元気に走り回って、頭をそこの戸にぶつけちまったんだ。およしがものすごく叱ったら、何だかすねちゃってさ」

「すねてないもん。ちゃんと仲直りしたもん」

我先にと報告する寅吉とおよしに笑顔でうなずきながら、まるでそれを邪魔するかのように、にゃあにゃあ鳴き立てるそら豆の頭を撫で続ける。そんなお蝶の脳裡に、ある少年の面影がふっとよぎっていった。

「そういえば、寅吉ちゃん。今年で六つになったのよね」

子供たちの報告が一通り済んだのを見計らい、お蝶は寅吉に目を向けて訊いた。

「え、うん。そうだけど」

分かっているはずのことを急に尋ねたお蝶に、寅吉が何だろうという目を向けてくる。まだ話し足りないような顔をしていたおよしも、お蝶の腕の中のそら豆も、何かを感じ取ったかのように、ぴたっと口を閉ざした。

「ねえ、寅吉ちゃん。一年前のことって覚えているかしら」

「え、どういうこと？」

寅吉が困惑したような様子で訊いてきたが、お蝶はもう話を止めることができなくなっていた。

「そうね。たとえば、去年の今頃、ほら桜の花が咲いている頃に会ったきり、ずっと会わなかった人がいたとするじゃない？　一年経って、またその人と会ったら、前に会った人だって分かるかしら」

「え、そんな人、いたっけ？」

寅吉は自分が誰かのことを忘れていて、それをお蝶から指摘されたと勘違いしたようであった。懸命に何かを思い出そうとしている寅吉を前にして、お蝶は我に返る。

「あ、ごめんなさい。寅吉ちゃんが誰かを忘れてるってわけじゃないの。たとえばの話よ。でも、無理して答えなくていいわ。ごめんね、おかしなことを訊いちゃって」

お蝶が話を打ち切ろうとすると、「覚えてるよ！」と急に寅吉は大きな声を出した。

「桜って、お蝶姉のいるお社に咲いてる花だろ。おいら、覚えてるよ。おっ母さんが連れてってくれた時のこと。えっと、お蝶姉と一緒にいた人のことも」

寅吉が言うのは、去年の今頃、お夏が二人の子供たちを連れて、いすず屋に寄った時のことだ。「お社」とは芝神明宮のことで、神社と門前茶屋の区別はついていないのだろう。お蝶と一緒にいた人とはおりくのことで、考えてみれば、寅吉はそれ以来、おりくには会っていない。おりくの特徴は何一つ、寅吉の口から出てこなかったが、そう答えることがお蝶の心配事を晴らすと、勘で察しているようであった。

い。こんなにも幼い子が自分を慰めようとしてくれることが、身に沁みてありがたい。こんな子供を持って、お夏は仕合せ者だとうらやむ気持ちも湧いた。

（なんて優しい子）

「ありがとう、寅吉ちゃん」

お蝶は寅吉の頭に手を置いて、そっと撫でた。「へへっ」と照れくさそうに笑う寅吉の横で、およしが頭を心持ち前に出してくるので、およしの頭も撫でてあげる。

（あの子はあたしのことを……）

寅吉の笑顔に、同い年の少年の顔が重なって見えた。

二

二月末日、お蝶が加賀藩の上屋敷へ伺う日は、朝からよく晴れていた。そら豆をお夏の一家に託し、今日は少し遅くなると断りを入れておく。

それから、お蝶は芝新銭座町に暮らすおゆうの家へ向かった。六十を過ぎた今も、体が利かなくなったと本人はぼやくものの、これという持病もなく元気いっぱいである。若い頃のようにいかないのは、太々餅をたっぷり詰め込んだ天秤棒を担ぐことくらいで、これだって量を減らせばまだまだ歩き回れるというのだから驚きだ。

そうはいっても、もう仕事はするなとおりくから止められ、毎日、暇を持て余しているそうなので、お蝶が出向いたこの日は、やる気満々であった。

まずは、おゆうが家に呼んでおいてくれた髪結いに、灯籠鬢に島田髷の形で結ってもらい、化粧を終えてから着付けとなる。

預けておいた奥御殿用の着物の中から、おゆうはすぐにも袖を通せる状態で、二着の小袖を用意してくれていた。いずれも紬で、一着は蘇芳色の地に桜の木が描かれた華やかなもの、もう一着は縹色の地に柳の木が描かれたものである。今の季節に似つかわしい絵柄はこの二着に限られ、去年は柳の小袖に藍鼠色の帯を着けて出向いたのだった。

「今年は、桜の方にしたら？」

と、おゆうは先に勧めてきた。だが、お蝶は首を横に振った。

「花見の席に、当の花を着ていくのは……」

時に適った振る舞いと見えるが、それはその席の主人もしくは、主客にふさわしい格好である。今回は宴を主催するお貞が桜の衣装を着ることを踏まえ、同じにするべきではない。

「でも、今日のあんたはお貞さまの客人だろ。あんたを……あの子と会わせるための宴なんだろうし」

おゆうが桜の小袖に目をやりながら、残念そうに言う。

「それでも、あたしはお貞さまにお仕えしていた立場の者ですから」

お蝶は迷わず柳の小袖を着ていくことにした。帯も去年と同じ藍鼠色のものを選ぶ。

「若いあんたにゃ、桜の着物が似合うと思うんだけどねえ」

おゆうはぶつぶつ言っていたが、お蝶が決めた後は手早く桜の小袖を仕舞い、柳の小袖を着せる支度にかかってくれた。

「柳の絵柄は清楚だけど、ちょいと地味だからねえ。誰が着ても、実際より年増に見られちまうんだよ。八つも年上のお貞さまより、上に見られるわけにゃいかないだろ」

「別にいいですよ。どう見られようと」

お蝶は気楽に笑い捨てた。お貞と張り合おうなどという気持ちは持ち合わせていない。相手が藩主の側室だから、というだけでなく、そもそもそんな気持ちを抱かせないほど、お貞が大輪の紅牡丹のように華やかな女人だからだ。

おそらく、上屋敷の庭に咲いている桜の花とて、人目を惹きつけるという点においては、お貞に敵うまい。

お貞ならば、どんなに派手で斬新な衣装であっても、十分に着こなせるだろう。片や、自分には地味な柳の絵柄が似合いだ。それに、柳の小袖を着る理由はそれだけでもなかった。

（去年と同じ着物なら、あの子だって……）

仮に忘れていたとしても、思い出してくれるかもしれない。そんなひそかなお蝶の願いを知ってか知らでか、その後はおゆうも口を利かず、お蝶の着付けを手伝ってくれた。

すっかり用意が調うと、姿見で確かめる。

我ながら、ふだんの茶屋の女中姿とは似ても似つかぬ姿だと思う。髷に挿した柘植の櫛と簪はかつて源太が贈ってくれたものだ。いつもは使っていないし、鬢を張り出すようにした流行りの髪型も自分で結うことはない。

「うんうん、立派になった」

おゆうはあれこれ言っていたわりに、出来上がったお蝶の姿を見て、満足そうに言った。

「これなら、ふだんから御殿女中をしている連中にも引けを取らないよ」

今もきちんと歯黒めをした歯を見せて笑っている。

短い間とはいえ、お蝶はお貞のもとに仕えていたから、これから行く御殿にいるのはかつての同僚と言ってよい。お貞の昔馴染みというだけで、特別に遇されていたお蝶をよく思わぬ人もいただろうし、辞めた後も客人として招かれるお蝶に不満を持つ者もいるだろう。

そういう女たちから侮られないように——とおゆうは気にかけてくれているのだ。

だが、きれいに装う必要はない。ただ、お貞の顔に泥を塗らないよう、そしてあの子に立派だと思ってもらえるよう装えれば、それだけで——。

「お世話をおかけしました。帰りにまた、寄らせていただきます」

お蝶はおゆうに頭を下げた。

「ああ。こっちのことは気にしなくていいからね。ゆっくりと心行くまで楽しんでおいで」

最後の方で湿っぽい声になってしまったのをごまかすように、おゆうはお蝶から目をそらした。

お蝶はおゆうが呼んでおいてくれた駕籠に乗り込み、本郷の加賀藩上屋敷へと向かった。


駕籠かきたちに本郷の屋敷の裏へ回ってもらうと、お蝶は駕籠を降りた。以前出入りしたことのある女中たちが使う門から、こういう時のためにと渡されていた通行手形で通してもらう。そこから先は庭伝いに奥御殿へ向かった。

本来、奥御殿を取り仕切るのは藩主の正室である。が、加賀藩主前田吉徳の正室はすでに亡くなっていた。二人の間に子はなく、その死後、吉徳は後室を迎えていない。

よって今、奥御殿を取り仕切っているのは、側室筆頭の以与の方であった。吉徳の長男を産んだ女人だが、その子は生まれてすぐ跡取りとされたわけではない。しかし、正室に子が授からなかったことから、後に跡取りと定められた。その結果、以与の方は次の藩主の生母として、たいそう重んじられているらしい。

吉徳の次男を産んだのは、お貞の妹で、お蝶も顔見知りのお民である。

お貞が側室になったのは妹のお民より後であったから、子を生すのも妹より遅かった。今、お貞のもとで育てられているのは、吉徳の次女の総姫と、四男の勢之佐だ。

奥御殿の中へ上がったお蝶は、お貞の部屋へと案内された。

「よく来ましたね、お蝶」

お貞は肘掛けに手を置き、頭を下げるお蝶にゆったりと微笑みかけた。

相変わらず、そうやって座っている姿は艶やかな牡丹そのものである。特に肉置きがよいというわけでもないし、どちらかと言えば小柄であるのに、なぜかどっしりとして見える。側室として二人の子を生し、立場が重々しくなってきたせいか、見る度に貫禄がついていくようであった。

「お貞さまにおかれましては、お変わりもなく。この度、宴の席にお招きくださいまして、ありがとう存じます」

お蝶はかつて叩き込まれた礼儀作法に従い、指の先まで注意を払いながら丁寧に挨拶した。こういう緊張感も、ふだんの茶屋生活と長屋暮らしでは味わうことがない。

「お蝶も健やかそうで何より。あちらの皆に変わりはありませんか」

　あちらとは、芝神明宮にまつわるお貞の知り合いたちを指している。お貞とお民の父はすでになく、お貞と深い縁のある人は芝神明宮の周辺にはもういない。すっかり立場の変わってしまった今のお貞に、あちらの様子を伝える人もいないのだろう。

「はい。前にお伝えした時から、特に変わりはございません」

　そう答えて、お蝶は顔を上げた。

　お貞はすぐそばに控えていた奥女中に、ちらと目配せする。彼女はお貞付きの女中たちを束ねる浅尾という女で、お蝶もここにいた頃は世話になった。浅尾はすべてを心得ている様子で、ほとんど衣擦れの音も立てず、静かに下がっていく。

「総姫さまはお健やかでいらっしゃいますか」

　二人きりになると、お蝶は尋ねた。

「ええ。五つになりました。後で、花見の場に呼びますゆえ、そなたも声をかけてやってください」

　お貞は花がほころぶような笑みを浮かべて言った。

「勢之佐さまもお変わりなく？」

この勢之佐の顔を、お蝶は見たことがない。今年で三つになった勢之佐が生まれる前に、お蝶が御殿を去ったからだ。その後、御殿に上がることはあったが、引き合わせられることはなかった。

「ええ。外の風に当てるのが気になりますから、今日の席には呼びませんが」

お貞は少しだけ眉をひそめて呟くように言った。

「男の子は慎重に育てないといけませんからね」

勢之佐は藩主の四男で、上には三人の異母兄がいる。かつ長男が跡取りと決まった以上、お家騒動に巻き込まれる恐れなどはなさそうだが、それでも藩主の血を引く男子となると、いろいろあるのだろう。

「お二方がお健やかと聞き、安堵いたしました。お貞さまが次々に御子を授かるのも、芝神明宮の神さまのご加護でございましょう。ところで、もしや……？」

お蝶はお貞の顔色をうかがいながら尋ねた。言葉を止めたのは、違っていたら聞き流されるだろうと見越してのことだが、お貞はにっこりと微笑みながらうなずいた。先ほどの笑みとは異なり、しっとりと落ち着いていながら、内側に輝く光を閉じ込めたような微笑であった。

思った通り、お貞は次の子を懐妊しているのだ。

「おめでとうございます」

お蝶は再び深々と頭を下げた。

「御身お大切になさってください。毎朝毎晩、芝神明宮にご安産をお祈りいたします」

「ありがとう、お蝶」

お貞は晴れやかな声で礼を述べた。

その時、先ほど下がっていった奥女中の浅尾が戻ってきた。相変わらず衣擦れの音も足音もほとんど立てない立ち居振る舞いだが、もう一つの足音はよく聞こえる。軽々とした元気のよい、弾み出しそうになるのを一生懸命こらえているとでもいうような足取り。

お貞に顔を向けているお蝶の横を、浅尾が通り過ぎていき、続いて軽やかな足取りが近付いてくる。

「そなたはそこに」

浅尾が小声で指示をすると、その者はお蝶の脇にちょこんと正座した。浅尾はお貞の近くまで進んで座ると、

「源次郎(げんじろう)めを連れてまいりました」

と、淑やかに告げた。

三

お蝶は傍らを見ることができず、そのままお貞を見続けていた。お貞は浅尾に満足げな笑顔でうなずくと、

「では、源次郎」

と、お蝶の傍らに座る少年に声をかけた。

「宴が始まるまでの少しの間、お客さまのお相手はそなたに任せましたよ」

「はい、お方さま」

傍らの少年――源次郎が元気よく返事をする。

「この源次郎めにお任せください」

お貞はにっこりと源次郎に向かってうなずいた。それからお蝶に目を向けると、

「後ほど人が呼びに来たら、この源次郎と一緒に宴の場へお出でなさい。それまでは、ここで待っているように」

「……かしこまりました」

お蝶は目を伏せて答えた。

二人だけで過ごせるようにと気を利かせてくれたのである。お貞は浅尾の介添えを受けながらゆっくり立ち上がると、浅尾に手を取られるまま、部屋を出ていった。

その間もずっと、お蝶は前を向き続けていることしかできない。どのくらいの時が経ったのだろう、

「あのう」

傍らの源次郎から促されて、お蝶は我に返った。

「何とお呼びすればいいですか」

少年が目をくりくりさせながら、お蝶を見つめてくる。純粋でまっすぐな眼差しだった。

「浅尾さまは芝浦と呼んでおられましたけど」

芝浦というのは、お蝶がこの御殿にいた時に呼ばれていた女中としての名である。出身地の芝にちなんだ呼称で、浅尾や顔馴染みの女中たちは今もお蝶をそう呼ぶだろう。

（本当に呼んでもらいたいのは……）

　——おっ母さん。

　そう呼んでもらえないことはよく分かっているというのに、その言葉が真っ先に浮かんできた。

　いや、本物の武家に生まれたような、とても行儀のよいこの子は、母親のことを「おっ母さん」ではなく「母上」と呼ぶのがふつうと思っているのだろうか。

「なら、芝浦と呼んでちょうだい。前にそう呼ばれていたから」

「分かりました、芝浦さま」

　源次郎は屈託のない様子でうなずいた。

「あのね、あたしは去年もお花見に招かれたのだけれど」

　やはり覚えていないだろうかと思いながら、思い切って尋ねると、源次郎は大きくうなずいた。

「はい、覚えています。お名前だけでは分かりませんでしたけど、お顔を見て思い出しました。あ、私は源次郎といいます」

　お蝶がその名を忘れるわけなどないが、源次郎は改めてきちんと名乗った。

　去年は、他の皆がいる場所での対面だった。源次郎が大切にされていることも、元気でいることも分かりはしたが、立ち入った話はできなかった。

今年は源次郎も六歳になり、もう分別もつく年頃ということで、二人きりにしてくれたようだ。

「源次郎はここでの暮らしが楽しいですか」

お蝶は尋ねてみた。

「はい」

元気のよい返事である。

「嫌な思いをすることはありませんか」

「ありません。お方さまはお優しいです。総姫さまは時々、浅尾さまから叱られるようなことを考えて、私を巻き込もうとするけど……」

浅尾は総姫の養育係も兼ねていたから、総姫が悪さをしたら叱ることもあるのだろう。源次郎はこの御殿において、総姫の守役という役目を与えられていた。現状ではただの遊び相手だが、これから先もそのそばに仕え続ければ、身を挺して姫の盾となることが求められるのだろう。

「総姫さまには仲良くしていただいているのね」

「はい。勢之佐さまがお生まれになった後、『源次郎は私のものだから、勢之佐のところに行っては駄目』と言われました」

「まあ、それで、源次郎は何て答えたの」

「はい……と答えました。姫さまより、勢之佐さまと一緒に遊ぶ方が楽しそうに思えたのですが」

源次郎は少し残念そうに肩を落として言った。

「勢之佐さまはお小さいから、まだ一緒に遊ばせてもらえないでしょう？」

「はい。おそばに行ったこともありません。でも、男の子は剣や弓を一緒に習うことができるって」

誰に聞いたものか、源次郎は武家屋敷で育つうち、剣術や弓術を当たり前のように思う少年になっていたらしい。もし芝神明宮近くの町で育っていれば、そんなことは夢にも思わず、成長したであろうに。

「源次郎は……寂しくはないの？」

思い切ってお蝶が尋ねると、この時だけ、源次郎はすぐに返事をせず、目をぱちぱちとさせてお蝶を見返してきた。

「その、総姫さまや勢之佐さまには、お貞さまがおられるでしょ。源次郎には……」

お蝶が躊躇いがちに言葉を続けると、

「母君がいない……ということですよね」

源次郎は自分で言った。

「ええ、そうね」

目を伏せたまま、お蝶は答える。

「そのことは、浅尾さまから教えていただきました。私の母君は浅尾さまのご親戚の方で、今は事情があってお会いできないのだと――」

浅尾の親戚というのはもちろん作り話だ。源次郎を御殿に上げる際、身元を繕（つくろ）うため、お貞と浅尾がそう計らってくれた。源次郎が総姫のそば近くに仕えられるのも、浅尾の親戚筋という素性ゆえであった。

寂しいのか、という問いかけに、源次郎は答えていない。

だが、明るく屈託のなかった源次郎の両眼に当惑の色が浮かんでいるのを見た時、お蝶は尋ねたことを悔やんでいた。源次郎から寂しいと言ってもらいたくて、訊いたようなものではないか。そう言ってもらえたからといって、今の自分に何ができるというわけでもないのに。

お蝶は黙って源次郎の手を取った。

それをどう受け止めたのか、源次郎がにこっと笑いかけてくる。胸の底から温かく切ないものが込み上げてくるのを感じたが、源次郎に気づかれぬよう、お蝶は必死でこらえ、平静を装い続けた。


源太が姿を消した約五年前。

――源太は生きている。

お蝶はそう信じていたが、焼け跡に最後まで身元の分からぬ亡骸が複数あったのは事実だ。背格好からして源太と思われる人物はいなかったが、生きているならどうして戻ってこないのか、その理由は見当もつかなかった。

ただ、いなくなる四日前の晩、誰かに追われているようだと源太が話していたことは気にかかった。お蝶はそのことを、佃島から駆けつけてきた源太の父親と、め組の長五郎親分にのみ話した。

「源太は死んだことにした方がいいな」

長五郎親分はじっくり考えた末に告げた。

「待ってくだせえ。亡骸の中に倅と思われるものはなかったんですよね」

源太の父親が長五郎親分に食ってかかった。

「だったら、あいつは生きてる。お蝶さんが打ち明けてくれたように、誰かに追われてて……」

「親父さん」

長五郎親分が低い声で、源太の父親の言葉を遮った。

「源太は俺が纏持ちに選んだ男だ。ちょっとやそっとのことで、命を落とすような柔（やわ）じゃねえ」

長五郎親分の言葉には重みがあった。

「けどな」

そう言って、長五郎親分はちらと目をお蝶へ向けた。源太の父親の眼差しがお蝶の方へと流れてきて、お蝶と目が合うと、父親ははっと目をそらした。

源太は強くとも、お蝶はそうではない。お蝶のことを考えてやれという長五郎親分の言い分を、源太の父親は汲み取ったようであった。

「源太は生きている」

長五郎親分は力強く言い切った。その言葉はお蝶の胸に熱く刺さったし、源太の父親も同じだったろう。

「ただの直感だが、俺たちがあいつは死んだと繕ってやることで、逆にあいつを助けてやれるんじゃねえかと思うんだ」

長五郎親分の直感は侮れない。

「……そうしやしょう」

大いに悩んだ末ではあったが、最後には源太の父親も承諾した。

身元の分からぬ亡骸の一体が源太とされ、源太の父親は、息子は死んだと届け出た。

め組の火消したちもどこか納得のいかぬ表情を浮かべてはいたものの、長五郎親分の言葉に楯突く者はいなかった。

こうして源太は表向き、死んだ――。

それから間もなく、お蝶は子の出来たことをおりくに打ち明けた。いすず屋の仕事はできれば失いたくなかった。子を一人で育てていくと決めた以上、お蝶が働かなければならない。

動ける間は働かせてほしいと頼んだお蝶に、おりくは当たり前だよとあっさり答えた。子が生まれた後も、働けるようになったら戻っておいでと言われ、どれだけ救われたことか。

ところが、そんなある日、いすず屋から長屋に帰ると、お蝶の部屋が荒らされていた。隣近所の人に聞いたが、怪しい人物を見た者はおらず、お蝶の部屋に入り込んだ賊に気づいた者もいなかった。

真っ昼間に誰にも見とがめられず、他人の家に押し入って家探しする賊。それは、つい出来心で泥棒に入ったちんぴらなどとはわけが違う。

とりあえず番屋に届け出た後、家の後片付けをしたが、特に盗られたものはなかった。床下にしまっておいた金も発見されていたにもかかわらず、持っていかれてはいなかった。

翌日、そのことを打ち明けると、おりくは顔をしかめた。折も折、昨日、妙な話を聞いたというのだ。門前町で源太のことを聞き回っている浪人風の男がいたという。

「ここは心してかからなけりゃいけないね」

おりくはお蝶に厳しい目を向けて言った。

「源太の子のこと、気づかれない方がいいだろ」

もちろん、嗅ぎ回られているのは源太であり、まだ生まれてもいない子供ではない。お蝶も源太との仲を知られ、長屋を荒らされはしたが、いない時を狙っているのだから、お蝶自身が狙いではないのだろう。

「それでも、用心に越したことはないからね」

と、おりくは硬い表情で言う。続けて、

「源太から何かを託されていたんじゃないのかい？」

と、お蝶に訊いてきた。場合によっては、お蝶自身がそれと気づいていないこともあり得るだろう、と――。

思い当たるものはなかった。それでも、お蝶の長屋を家探しされたのは事実であり、下手人は源太のことを嗅ぎ回っている人物か、その仲間の見込みが高い。幸い、子供のことはおりく以外には話していなかったし、見た目から気づかれるほどでもなかった。

その日から、お蝶はいすず屋に出るのをやめ、三日のうちに長屋を引き払って、おゆうの家へ移った。お蝶はここで子を産むまでの間、ただのんびりと過ごさせてもらった。

気持ちは落ち着かなかったが、かつて源太を追っていて、今も何かを嗅ぎ回っている者がいる以上、どうすることもできなかったのだ。幸い、その後、不審な人物がいすず屋や芝新銭座町のおゆうの家、また、お蝶が暮らしていた宇田川町の長屋付近に現れることはなく、源太が失踪した年の冬、お蝶は男の子を産んだ。

月満ちて生まれた息子を、お蝶は源次郎と名付けた。源次郎は健やかで、お蝶の産後の肥立ちもよかった。

それから間もなく年も変わり、享保十八（一七三三）年を迎えると、お蝶はおゆうの家で厄介になり続けている状況を何とかしようと考え始めた。

幸い、おりくの店で働かせてもらえることになっている。源次郎が乳飲み子のうちは、面倒を見てくれる人が必要だが、これもおゆうが買って出てくれた。門前町のおりくの店と芝新銭座町なら、時折、乳をやるために戻ることもできるだろう。

そこで、その相談をするため、お蝶が久しぶりにいすず屋へ行こうとした矢先、まるで申し合わせたかのようにおりくがおゆうの家へやって来た。

加賀藩の上屋敷で暮らすお貞から、お蝶に会いたいという言伝（ことづて）を預かったというのであった。

四

お貞はお蝶にとって、大切な幼馴染みであり、姉のような人であったが、加賀藩主の側室となってからは一度も会っていなかった。気軽に招いてもらえる立場ではなかったし、お貞が側室となった時にはその父も亡くなっており、間を取り持ってくれるような人もいなかったからだ。自然と縁は切れてしまうのだろう、寂しくはあるが仕方がない、と思っていたところに届いた突然の知らせ。

お蝶は仰天したが、言伝を預かったおりくも驚いていた。急に店へ現れた女が、お蝶の居場所を尋ねてきたのだという。

源太のことで嗅ぎ回っていた男のことを思い出し、おりくは空とぼけた。すると、相手は声をひそめて、お貞の名を出し、どうしてもお貞が会いたがっていると訴えたそうだ。お蝶の居場所を教えてもらわなくてもいいから、せめてそのお貞の意向だけは伝えてほしい、受け容れてもらえるのなら、こちらから送る駕籠に乗って加賀藩の上屋敷奥御殿へ出向いてもらいたいというのだ。

「どうするかい、お蝶？」

おりくから訊かれ、お蝶は迷わず行くと答えた。

お貞が自分に会いたがっているというのなら、それを断る理由などあるわけがない。そこで、おゆうが昔、武家屋敷に勤めていた頃のものだという小袖を借りて、お蝶は本郷の上屋敷へ出向いた。

「もう二度と会えないかと思っていましたが、こうして会えて嬉しいこと」

芝で暮らしていた時とは違い、お貞は年下のお蝶に対しても、丁寧な言葉遣いをした。そのことが、お貞と自分との隔たりの大きさを感じさせはしたものの、涙ぐんで再会を喜んでくれるお貞の優しさは昔のままであった。

お蝶もお貞との再会が嬉しかった。兄弟姉妹（きょうだい）のいない自分にとって、お貞は本当に姉のようなものである。

この時、お貞は二十七歳にして初めての子をみごもっていた。先に妹が側室となり、後から姉が召し上げられるというめずらしい例であったが、それだけ、お貞が藩主から望まれたということなのだろう。お貞からは、寵愛される側室の自信のようなものがうかがえた。

とはいえ、藩主の子を産むということは、お蝶の想像も及ばない大変なことがあるのかもしれない。もしお貞が困っているのであれば、できるだけお助けしようと、お蝶は心を決めていた。

ところが、「落ち着いてお聞きなさい」という前置きに続き、語り出されたお貞の話は、お蝶の想像とはまるで違うものであった。

「私はお蝶がどういう暮らしを送ってきたか、おおよそ知っているのです」

と、お貞は言う。お蝶が源太と許婚の間柄であったことも、源太の素性も、今は源太がそばにいないことも、お貞は知っていた。知られていなかったのは、源太の死に不審な点があったこと、実は源太は生きているとお蝶が信じていること、お蝶が源太の息子を産んだことだけであった。

「これは想像なのですが、もしやお蝶は源太殿から何か大切なものを預かったりしていませんか」

お貞はさらに問うてきた。

同じことをおりくからも問われていたが、その時と同じ受け止め方はできなかった。頭の中で、半鐘のような音が鳴り始めたのだ。源太のあとを追ったり、自分の長屋を漁ったりした何者かが、お貞と無縁とは限らないのだ、と――。

「どうして、そんなことをお尋ねになるんですか」

気づいた時には、自分でもよそよそしいと思える声を出していた。お蝶の声や態度から、その警戒心を察したのだろう。お貞の表情もにわかに引き締まった。

「本当は、これから先のことは話さずに済めばと思っていました。聞いてしまえば、お蝶自身の身が危うくなるかもしれないからです。けれども、おそらく源太殿が関わっていると思われる話。どうしますか、お蝶。あなたはこの先の話を聞きたいですか」

源太が関わっていると聞いて、聞かずに済ませることなどできるはずがない。

「聞きます。どんなことでも包み隠さず話してください」

お蝶は訴えた。

「では、話しましょう。けれども、私が嘘を言っていないと信じられたら、あなたも知っていることをすべて打ち明けてください。そうでなければ、私もあなたを助けることができません」

お貞は真剣な眼差しで告げた。お蝶はおもむろにうなずき返す。

「ここからは、加賀藩のお話になります」

そう前置きして、お貞は長い話を始めた。

加賀藩では、藩主前田吉徳が藩政改革を志しているという。身分が低くとも有能な者を取り立て、藩政に参加させようとしているのだった。しかし、それは従来、藩政をつかさどってきた重臣たちをないがしろにするやり方とも見え、藩主と重臣たちとの間に溝ができつつあるのだという。

中でも、藩主が目をかけて引き立てている大槻伝蔵（おおつきでんぞう）という男が足軽（あしがる）の出身だとかで、重臣たちからの反撥（はんぱつ）はかなり大きなものなのだとか。とはいえ、藩主が後ろ盾である以上、大槻伝蔵を失脚させることは難しい。そこで、重臣たちが目をつけたのが次代藩主であった。

「若君はまだお小さいのでは……？」

「ご長男が今年で九つにおなりです。今はお国元においでです」

国元にいるということは、側室腹であることを指していた。まだ跡取りと定められたわけでもない少年を、重臣たちが担ぎ上げようとしているということか。

それからお貞は、今の前田家には正室がいないこと、吉徳の長男の生母は以与の方といい、子と共に国元にいること、その以与の方を重臣たちが丸め込もうとしているらしいこと、などを語っていった。

「ご重臣の方々の狙いとは……」

現藩主を隠居させて、まだ若い跡取りを藩主に据えること。その生母である以与の方の後押しを受け、藩政を取り仕切ること。さらには、現藩主に目をかけられている大槻伝蔵ら改革派を失脚させること。それらがどうやら、今の藩政に反撥する重臣たちの狙いらしい。

重臣たち保守派と、藩主を後ろ盾に持つ改革派。

芝居小屋で演じられるようなお家騒動の火種が、昔馴染みのお貞の周辺で今にも燃え上がろうとしていることが、どうにも腑に落ちない。それでいながら、恐ろしいという気持ちも同時に湧いた。

「お貞さまはどうして、ご重臣の方々の思惑をご存じなんですか」

今聞かされた話の一部は謀と呼べるものだ。大っぴらに話すわけもなし、何もせずとも耳に入ってくる類のものではない。

「隠密(おんみつ)に探らせたのです」

お貞は何でもないことのように言った。

「隠密？」

公儀がそういう者を使っていることは知っていたが、お貞がそんな者と関わりを持っているなんて。だが、それをしなければ、藩主の側室として生き残るのは難しいのかもしれないと、お蝶は考えを改めた。

「実は、重臣たちの中には、かなり恐ろしいことを企む者もいるらしいのです」

「恐ろしいこととは……その、毒を使うとかいうことですか？」

芝居の筋書きでそんな話を聞いたことがある。自分で口にしながらも、お蝶は半信半疑であったが、お貞は真剣な顔つきでうなずいた。

それはつまり、現藩主を毒殺しようという者がいるということではないか。

お蝶は本当に恐ろしくなった。だが、お貞はことさら脅えている様子も見せない。

「謀は毒とは限りません。乱心者をそれと気づかせず、殿に近付けることとてありましょう。家臣であれば、容易に近付けますし、加賀鳶の中には荒くれ者もおりますからね」

加賀鳶の中に、重臣たち保守派の息がかかった者がいるようだと、お貞は打ち明けた。その正体までは分からないものの、子飼いの隠密が重臣と加賀鳶の謀を耳にしたのだとか。

「その時、め組の源太、という名が出てきたのです」

「えっ！」

お蝶は身を乗り出した。

まったくつながらなかった加賀藩の抱える内部対立の話と源太の話が、ここで初めてつながった。

「源太のことを、何と言っていたのですか」

ところが、はっきりしたことは隠密も聞き取れなかったそうで、お貞も知らなかった。ただ「始末した……もう安心……だが、あれが何者かの手に……」というような言葉を聞いたらしい。

その後、お貞はめ組の源太について隠密に探らせた。そこからお蝶に行き着いた時には、お貞も仰天したそうだ。

「おそらく、重臣たちが内密にしたい何かを、源太殿は知ってしまったか、手に入れてしまった、ということではないでしょうか。お蝶、そなたは源太殿から何かを聞いたり、預かったりしていませんか。あなたにはたいそうなものと思えなくとも、彼らにとっては重大な秘密ということもあり得ます」

お貞から真剣な目を向けられ、お蝶も必死に過去を思い返した。しかし、源太からもらったものといえば、柘植の簪と櫛くらいで、文などはもらったためしがない。

また、源太とはたくさんの話をしたが、加賀鳶を除き、加賀藩の話題が出たことは一度もなかった。加賀鳶の悪口とて、他の町火消したちと一緒の時のことである。源太だけが特別なことを言っていたわけでもなければ、加賀蔦の誰かを特定していたわけでもない。

あえて言うなら、やはり最後に会った夜、何者かに追われていると言っていたことと、「俺に何かあった時には……」と先行きを悲観する物言いをしたことが気になるくらいだ。

そして、お蝶が源太から与えられた最も尊いものといえば——。

お蝶はお貞に目を向け、すべてを打ち明けることにした。

源太を危ない目に遭わせたのが加賀藩の重臣たちと思われる以上、彼らから身を守るには、その上に立つお貞の力を借りるしかない。

お蝶は源太と最後に会った時のことを話し、さらに、自分は源太が生きていると信じていること、また自分が源太の息子を産んだことも伝えた。

「何ですって。お蝶が子を……？」

お貞は絶句した。やはり、そこまではつかんでおらず、驚いたようだ。

しかし、驚きから立ち直ると、お貞は子を守る必要があると言い出した。もちろん、源太がいなくなった後で生まれた息子が狙われるのは筋が通らない。それでも敵に存在を知られない方がよいと、お貞は言う。

「源太殿を死んだと届け出たのはあっぱれでした。お蝶のためにも源太殿が生きていることを私も願いますが、それならばなおのこと、子のいることは隠さねばなりません」

お貞はきっぱりと言った。

源太が生きていると仮定した場合、その身柄は敵の手に渡っていない。渡っていれば、本人を拷問なりして吐かせればいいわけで、門前町で嗅ぎ回ったり、お蝶の長屋を荒らしたりする必要はないからだ。

だが、万一にも源太が生きていることを敵が知り、さらに息子が生まれていることを知れば、彼らは容赦なくお蝶と息子を利用するだろうと、お貞は言った。そうして、源太をおびき寄せる算段をつけるに決まっていると。

「ですが、源太殿は死んだと考えざるを得なくなれば、彼らはお蝶のことを忘れるでしょう。あなたが何も知らず、何も持っていないことは分かったでしょうからね」

もうしばらく時が経ち、状況が変わらなければ、元の暮らしに戻っても差し支えないだろうとお貞は言う。ただし、息子と一緒に暮らせば、当然ながらその父親が源太ではないかと疑われるのも避けられない。

「子を手放すことができればいちばん安全ですが、それは無理でしょうね」

「はい」

そんなことは思い浮かべたこともない。源太が帰ってくるまで、源次郎は自分で育てると心を決めていた。

「では、その子を私に預けて、あなたも女中として私に仕えるのはどうですか」

ややあってから、お貞は明るい表情になって告げた。

もちろん、源次郎をお蝶の子として預かるわけにはいかない。信頼できる奥女中の親戚の子と繕った上で、これから生まれてくるお貞の子の守役として御殿に入れる。

一方、お蝶は素性を偽らず、芝神明宮の神職の娘、お貞の幼馴染みとして女中奉公に上がるのだ。

「母子として振る舞うことはできませんが、時には二人だけで過ごせるよう手を回しましょう」

お貞はそう約束してくれた。

「ですが、あたしたちが加賀藩のお屋敷へ上がるということは、源太を付け狙っている人たちの近くで暮らすということですよね」

それこそ、飛んで火に入る夏の虫、ではないのか。お蝶がその懸念を口にすると、お貞は軽やかな笑い声を上げた。

「同じ上屋敷といっても、表と奥は別ですよ。下の者たちの行き来はありますけれど、重臣の方々が奥へ来ることはありません」

奥御殿とは藩主の妻子が暮らす場所であり、藩主以外の男が立ち入ることは許されていないのだという。屋敷の外で暮らすより、この奥御殿で暮らす方がずっと安全だと説かれ、最後にはお蝶も納得した。

それからしばらくして、お貞が総姫を出産すると、まず二歳の源次郎が奥女中浅尾の親戚の子という体で上屋敷へ上がった。総姫に付けられた乳母が浅尾の親戚だったので、乳母が総姫と一緒に面倒を見てくれるという。

源次郎と一緒に屋敷へ上がれないのが気がかりだったが、源次郎の素性を隠すためには仕方がない。源次郎から後れることふた月、お蝶もまた、お貞のもとへ上がり、奥女中の芝浦となったのだった。

五

本郷の上屋敷での暮らしは、慣れない気苦労はあったものの、安全そのものであった。お貞はお蝶を自分のそばに仕えさせ、源次郎は総姫の乳母に預けて、姫の守役とした。源次郎の母と名乗ることはできなかったが、浅尾が源次郎を呼び寄せるという体で、お蝶たちを二人きりにする算段もしてくれた。

浅尾が親戚の子とはいえ幼子に関心を示すのは妙に思われたようだが、やがて彼女が源次郎を養子候補に考えていると噂が広まるや、誰も不思議には思わなくなった。

聞いていた通り、奥御殿で侍を見かけることはなく、お貞が聞かせてくれた藩内の対立についても、お蝶が見聞きすることはなかった。

暮らしが落ち着くと、お蝶は時折、許しをもらって芝神明宮へ参拝した。もちろん、門前町のいすず屋へ寄ることがいちばんの目的である。

いすず屋にも新しい運び役の娘が雇われたが、来たかと思うとすぐに去ってしまうことが続いたようで、二度目の時には「ちょっと厳しいことを言ったら、すぐ余所へ行っちまうんだから」とおりくはぼやいていた。

「お前が戻ってきてくれればいいんだけど」

おりくが初めから期待していない口ぶりで呟くのを聞き、

「本当に、そうできたらいいのですが」

お蝶も苦笑しながら返した。源次郎と一緒にいられることを除けば、奥御殿での暮らしに魅力はない。だが、母子二人で芝へ帰ってきても安全だと確信できない以上、御殿暮らしをやめるわけにはいかなかった。

芝神明宮門前町の辺りに変わったことはないか、お蝶は必ずおりくに尋ねた。だが、源太が帰ってきたという嬉しい知らせを聞くこともなければ、源太を探っていたという謎の男が現れることもないまま、月日は流れた。

そして、お蝶が加賀藩の上屋敷に上がって二年になろうという頃、お蝶の気持ちを大きく変える出来事が起こった。

「源太らしい人を見かけたって噂があるんだよ」

蒼い顔をしたおりくから、そう聞かされたのだ。

「くわしく聞かせてください」

お蝶は身を乗り出して尋ねた。

噂自体は他愛もないものだった。いなくなった火事場の跡に立っていたとか、愛宕権現でお参りをしていたとか、海辺で佃島の方を見ていたとか。源太と言葉を交わしたという者はおらず、源太本人であるという確信を持てる話もない。

「ねえ、お蝶。源太は死んだんだよね。お前が生きていると思いたがっている気持ちは分かるよ。けど、長五郎親分だって……」

確かに、表向きはそういうことになっている。そう決めてからは、お蝶も口をつぐんだ。だから、おりくが世間の人と同じように、源太は死んだと思ってしまうのも無理はないのだが……。

お蝶自身は、源太が生きていると、なおも信じている。だから、おりくの問いにうなずくことはできなかった。そんなお蝶の態度に、胸の内を察したらしいおりくは、ややあってから、

「源太を見かけたっていう噂が立ってから、め組の連中が勢い込んで、長五郎親分に談判したとかいう話だよ。やっぱり、源太は死んでなかったんじゃないか。ちゃんと調べ直す必要があるんじゃないかって」

と、告げた。

「それで……？」

「馬鹿野郎って、長五郎親分に怒鳴られたそうだけど」

長五郎自身は、お蝶と同じように、源太が生きていると信じてくれているはずだ。だが、生きていると言い張れば危険だと直感したのも長五郎である。だから、あやふやな噂などに踊らされず、初めの言い分を貫き通すのは道理であった。

「あたしも、最初に噂を聞いた時にゃ、やっぱり源太は生きていた、お蝶に早く知らせなきゃって飛び立つように思ったものさ。けど、よくよく聞いてみると、噂はあいまいだし、そもそも源太が芝に戻ってきているのなら、どうしてすぐに長五郎親分のところに帰らないのさ。ここにだって、姿を見せてくれなくちゃおかしいだろ」

おりくの声は次第に高くなっていく。

そうなのだ。本当に源太が何らかの事情でここから姿を消していたとして、戻ってきたのであれば、何はさておき、め組の親分のもとへ駆けつけなければおかしい。許婚のお蝶の前に顔を見せようと考えないはずがない。

お蝶が黙っていると、おりくは声を高くしたことを申し訳ないと思う様子で、肩を落とした。

結局、源太を見かけたという噂は、源太の知り合いたちの心をひとしきりかき乱したものの、確かなことは何ももたらさなかった。

「幽霊だったんじゃないかって、言い始める者もいてね」

と、おりくは気を鎮めて話を続けた。

「もしかしたら、自分が死んだってことを分かってなくて成仏できず、この辺りをさ迷っていたんじゃないかって」

源太が火事場の跡や海辺に立っているという話は、確かにそう聞こえなくもない。

め組の火消し連中数人は、源太の墓がある佃島の寺まで出向いて、念仏を上げてきたのだそうだ。最後には、やはり源太は死んだということで、め組の男たちも心を納得させたようである。

だが、お蝶は納得できなかった。

源太が姿を消してから三年近く。ようやくつかんだ源太の手掛かりである。それがただの噂であれ、もうこれ以上何もせず、じっとしているのはたまらない気分であった。

確かに、加賀藩の上屋敷の奥御殿にいれば、安全であることに間違いはない。

だが、安全であり、敵と顔を合わせないでいられるということは、源太の手掛かりにまったく近付けないということでもあった。

奥御殿へ上がる前は、源次郎の安全のことしか頭になかったが、源太に再会することもまた、自分にとっては大切なことだ。もしかしたら、源太はこの芝でお蝶のことを捜していたのではないか。他の知り合いにはできるだけ接触せず、お蝶だけに声をかけようとしていたのなら、源太がめ組の連中やおりくのもとへ姿を見せないのも納得できる。

そうでなくとも、源太が何らかの危険な状態に置かれていて、昔の知り合いのもとへ姿を見せることさえ躊躇わねばならないのだとしたら、そんな源太を助けられるのは……。

（あたししかいない）

もちろん、長五郎親分や源太の父親も、源太の無事を信じているが、表立って動くことはできないだろう。だが、お蝶ならこの芝へ戻ってきて、いくらでも源太のために動くことができる。

いや、この噂話が眉唾だとしても、奥御殿では源太の敵のことを調べられない。加賀藩の重臣たち、そしてその手下であるという加賀鳶の誰か。そういう顔の見えない敵にただ脅え、姿を隠しているだけでは、何も変わらないのだ。

（あたしが芝へ戻ってくれれば、加賀藩の誰かが近付いてくることだってあるかもしれない。もちろん、安全じゃない。危険だって伴うかもしれないけれど……）

源太のことを思えば、勇気が湧いてくる。

お蝶は覚悟を決めた。

「女将さん、あたし、芝へ戻ってきます。また、ここで雇ってもらえませんか」

いすず屋はちょうど運び役の若い娘が辞めていったところで、新しい女中を探していた。

「お前が戻ってきてくれるのは願ったり叶ったりだよ。けど、その……あの子のことはどうするのさ」

おりくは周囲を見回し、近くに客がいないのを確かめてから、小声で訊いた。

「あの子はこのまま、あちらにお任せするしかない……と思います」

もともと上屋敷内で、お蝶と源次郎は赤の他人ということになっている。お蝶が上屋敷を去り、源次郎が残ったとしても、違和感を覚える者はいないだろう。

もちろん源次郎と一緒に芝へ帰ってきたい。だが、さすがにお蝶が子供を連れていれば、源太の息子ではないかと疑われるだろう。源太に対する、もしくはお蝶自身に対する、人質にされる恐れだってある。それに、いすず屋で働くのなら、その間、幼い源次郎を預けておく相手を探さねばならない。その時、その人物を危険に巻き込まないと、どうして言えるだろう。

源次郎の安全を第一に考えれば、このまま加賀藩の上屋敷でお貞のそばに置いてもらうのがいちばんなのだ。

お蝶の決断に対して、おりくは異を唱えなかった。ただ、芝へ帰ってくるのなら、うちの店へおいで、とだけ言ってくれた。

お蝶はそれから、お貞に同じことを話し、相談した。

「もちろん、源次郎を預かることはかまいません。けれども、そなたは源太殿の許婚として敵にも知られています。以前の茶屋で働き始めれば、遠からず彼らの耳にも入り、そなたに近付いてくるかもしれない」

お貞はお蝶の身を案じて、顔を曇らせた。

「それこそ、望むところです。源太のことを探るため、私が彼らを利用してやるつもりです」

「でも、そなたの身に何かあれば、源次郎は……」

「もちろん、身の安全には十分気をつけます。それに、敵も私をいきなり殺したりはしないでしょう。私から聞き出したり、奪ったりしたいものがあるならなおさらです。加賀藩のお侍や加賀鳶の男が近付いてきたら、お貞さまにお知らせします。御殿の外でも、お貞さまの力になりたいと思っておりますから」

　お蝶は懸命に訴え、ついにはお貞も折れた。

「それでは、私からも手の者をそなたがいる茶屋へ客として行かせるようにしましょう。何かあれば、その者を通して知らせてください」

　お蝶自身が源次郎に会えるよう、時折はお貞の客人として屋敷へ呼んでくれることにもなった。

　とはいえ、あまりに頻繁に出入りすれば、目にもつくだろうし、不審にも思われる。

「そなたを呼べるのは、花見のようなありふれた言い訳が成り立つ時だけになるでしょう。源次郎にはなかなか会えなくなります。それを呑み込めるのですね」

　お貞から最後に念押しされた時、気持ちが怯(ひる)みかけなかったと言えば嘘になる。それでも、お蝶はすべてを呑み込み、「はい」と答えた。この時の源次郎は四つになったばかりだった。

（あたしのことは……忘れてしまうかもしれないけれど）

屋敷を去る前の晩、お蝶は源次郎の枕もとで、その寝顔に語りかけた。

「おっ母さんは……いつでも源次郎のことを思っているから」

まだ髷を結ってもいないふさふさの髪をそっと撫ぜる。起こさぬようにと思いながらも、こらえきれずその小さな寝顔に顔を近付けると、日なたのにおいがした。

（いつか必ず、お父つぁんと三人で一緒に暮らそう）

その言葉は胸に呑み込み、お蝶は源次郎を置いて、芝へ戻った。

お蝶は前に暮らしていたのと同じ宇田川町のはまぐり長屋で暮らし始めた。前と同じ部屋ではなかったが、その時空いていた別の部屋を借りた。この時、お夏や寅吉、およしと出会った。同い年の寅吉を見る度、源次郎を思い出さなかったことはない。

そして、前と同じように門前茶屋のいすず屋で運び役として働き始めた。

お蝶が戻ってから新たにいすず屋の常連となった客には、特に注意した。もちろん気を許すことなどない。隠居老人の一柳にも、加賀鳶の龍之介にも。彼らほど目立つ形でお蝶に近付いてはこないが、途絶えることなく茶屋へ現れる他の客たちにも。

そうした人々の特徴はひそかにお貞に伝えてある。今のところ、客の中に加賀藩の重臣派の手先がいるという知らせを受けてはいないが……。

一方、お蝶が上屋敷を出て二年、源太についての手掛かりは何一つつかめなかった。源太を見たという噂も一時のものだったようで、その後はそうした声が出てくることもなく、いつしか消えてしまった。

源太のことを嗅ぎ回る何者かが門前町で見かけられることもなく、お蝶の新しい長屋の部屋が荒らされるといったこともない。

源太のことを調べたくて、上屋敷を出たというのに、何も得られないのはもどかしかった。だが、一方で、それは芝での暮らしが安全だという証でもある。

（それなら、あたしが源次郎を引き取ったって……）

という気持ちをお蝶は抱き始めていた。

二年も様子を見たのだ。

源太の敵がお蝶の周辺を探ることを完全にあきらめてくれたなら、源次郎の身が脅かされることもない。源次郎とてもう六つ。お夏に源次郎を見てもらうことができれば、お蝶はいすず屋で働き続けることもできるだろう。

お蝶はまだ自分の胸一つに収めているその願いを、口にしようかどうしようか迷っていた。一年前に会ったきり、顔を合わせていなかった源次郎が、自分のことを覚えていてくれているかどうかも気にかかっていた。

だが、源次郎はお蝶のことを覚えていると言ってくれたのだ。

（ならば——）

お蝶の胸は大きく膨らむ。

（源次郎、あたしと一緒に宇田川町の長屋で……）

お蝶は源次郎の手を取ったまま、その目をのぞき込んだ。

六

「お待たせしました、芝浦殿」

いつの間にか、奥女中の浅尾が部屋に戻ってきていた。先ほどと同じく、相変わらず衣擦れの音や足音をあまり立てない人だ。

「ささ、源次郎や。芝浦殿を花見の席へご案内しなさい」

浅尾の言葉に、源次郎は勢いよく「はいっ」と答える。

「さあ、まいりましょう」

大人びた様子で言うと、源次郎はお蝶の手を握り返し、立ち上がるよう促した。そして、二人で立ち上がると、片方の手をつないだまま歩き出した。

（こうして、我が子と手をつないで歩けるなんて）

お蝶は胸がいっぱいになった。

ここで暮らしていた頃も、お貞の計らいで、源次郎と二人きりになることはできた。だが、それは人目につかない部屋で、こっそりと隠れて過ごさねばならぬひと時だったのだ。

今は、人目に触れても気にする必要はない。気を利かせてくれたお貞と浅尾に、お蝶は心から感謝した。

花見の席は、桜の大木が植わった庭に面した部屋に設えられていた。戸がすべて開け放たれ、部屋の端の方から縁側にかけて、敷物が敷かれている。席上の中心にお貞が座り、その傍らに幼い少女が座っていた。

その少女が「源次郎」と顔を向けて声をかけてきた。

「あっ、姫さま」

源次郎は返事をするなり、ぱっと駆け出していこうとする。その瞬間、つないでいたお蝶の手と手が離れてしまった。

駆け出そうとした源次郎がはっと足を止める。すぐにも総姫のもとへ駆けていきたそうな少年の顔に一抹の寂しさを覚えつつ、お蝶はお行きなさいとの意を込め、うなずこうとした。その時、

「源次郎」

と、お蝶たちの後ろからついて来ていた浅尾が厳しい声を出した。

「芝浦殿をお席まで案内するのは、そなたがお方さまより命じられた大事なお役目。姫さまの御用に応じるのはその次のことじゃ」

「……はい」

源次郎は申し訳なさそうにうなだれている。

「屋敷にお仕えするうちには、同時に幾人もの方々からご命令を受けることもある。その際はしかるべき順序というものがある。ここでは、お方さまのご命令が何にも増して重んじられなければならぬ」

「かしこまりました」

源次郎は浅尾の言葉を聞き、素直に返事をすると、「どうぞ」とお蝶に手を差し出した。

「それでは、最後までお願いするわね」

お蝶は源次郎に微笑み、その手を取った。それから源次郎はおそらく事前に教えられていたのだろう、お蝶のことをお貞からは少し離れているが、桜の花がよく見える席へと連れていってくれた。

「ごゆっくりお楽しみください」

これも浅尾仕込みなのであろう、源次郎はしっかり挨拶すると、待ちかねた様子でうずうずしている総姫のもとへと向かった。

「ありがとう存じます、浅尾さま」

お蝶は源次郎が離れてから、浅尾にそっと礼を述べた。あまりくわしく口にすることはできない。それでも、温かく厳しく教育してくれることに、感謝しないではいられなかった。

「今日のそなたは客人です。礼を言われるようなことは何もない」

浅尾はそっけなく言うばかりである。

「さ、芝浦もそろうた。ささやかではありますが、皆、花見を楽しみましょうぞ」

お貞の一声で、花見の宴は始められた。

膳が運ばれ、女中たちは互いに酒を注ぎ合っている。甘酒と清酒のいずれも用意されているようだ。

三味線に笛など、音曲の得意な女中たちがにぎやかな曲を奏で始めた。

お蝶が浅尾と互いに注ぎ合った甘酒を一杯飲み干した頃、

「芝浦よ、こちらへ」

と、お貞から声をかけられた。

「はい、お方さま」

お貞の前へ赴くと、すぐ隣の総姫、その脇に座る源次郎の姿が目に入ってきた。

「総姫の顔も見てやっておくれ」

お貞はにこやかにお蝶に言い、総姫に対しては「私の幼馴染みで、この屋敷に仕えていたこともある芝浦じゃ」と教えた。総姫は小首をかしげて、お蝶を見つめている。

「お久しゅうございます、総姫さま。一年前にもこのような花見の席の折、お会いいたしました。大きゅうなられたお姿を拝し、嬉しゅうございます」

「ありがとう、芝浦」

総姫は鷹揚(おうよう)に返事をしたが、その様子からしてお蝶のことは覚えていないようだ。お蝶は改めて、源次郎が自分を覚えていてくれたことに、深い喜びを覚えた。

その後、桜餅と茶が振る舞われ、お蝶たちは青空に映える桜の花と絶えることなく奏でられる明るい音色の曲を楽しんだ。女たちはお貞も含め、おしゃべりに興じていたが、幼い子供たちには退屈になってきたようだ。総姫は庭へ出て桜の木のそばまで行きたいと言い出し、源次郎はその供をすることになった。

浅尾が目付け役ということか、二人のあとに続いて庭へと向かう。お蝶は「私もよろしいですか」とお貞に断り、浅尾に続いて庭へと下りた。

桜の木の根方で、花を見上げながら話を交わしている総姫と源次郎から少し離れたところで、浅尾と一緒に見守るような形となる。

「源次郎は……総姫さまのお役に立っているのでしょうか」

「あの年で、役に立てるはずもない」

浅尾はにべもない調子で言った。だが、すぐに続けて、

「まあ、総姫さまには気に入られておるようじゃが」

と、独り言のように言う。

「そう……ですか」

確かに、総姫と源次郎は仲良く見える。総姫は生まれた時から源次郎がそばにいたのだから、それも当たり前か。総姫の遊び相手には女の子たちもおり、重臣の娘たちがあてがわれているそうだが、彼女らは御殿で暮らしているわけではないという。

その点、御殿暮らしの源次郎は総姫にとって、最も身近な遊び相手なのだろう。

「源次郎が御殿を去れば……総姫さまは寂しくお思いになるでしょうか」

浅尾に訊くでもなく呟くと、返事を期待してもいなかったのに、

「答えるまでもない」

と返された。

源次郎自身も総姫のそばにいられることに、喜びを感じているようだ。桜の木の下で楽しげに言葉を交わす二人を見ながら、お蝶はふと思った。源次郎にとって、他人としか思えぬ大人と突然一緒に暮らし始めることと、よく知る総姫たちのそばで暮らし続けることと、どちらが仕合せなのだろう、と――。

それに、先ほど源次郎と二人きりでいた時には、頭の片隅にも浮かばなかったが、お蝶を実の母と知った源次郎がどう感じるかは、最も大事なことである。戸

惑うのは当たり前としても、二年前、形としては我が子を置き去りにして屋敷を出た母のことを、源次郎は許してくれるだろうか。もちろん、源次郎の身を守るためという複雑な事情があるにはある。だが、それを幼い子供に弁えてほしいと望むのは、親の身勝手というものだろう。それに、その事情の中には、容易には打ち明けられないものも含まれている。

(それならば、今のところはまだこのままの方が……)

桜の花蔭で明るく笑い合う幼い二人の姿を見ながら、お蝶が思いをめぐらしたその時、ふっと音曲がやんだ。

どうしたのかと、部屋の方に目を戻すと、花見の席が設えられた端の方に、数人の女たちが立っていた。その中心に立つ中背の女は、特に華やかな紅色の打掛を身に着けている。

「以与の方さまじゃ」

浅尾は小声で呟くなり、すぐにお貞のもとへと戻っていった。

(あの方が……)

藩主前田吉徳の側室筆頭の以与の方。

お蝶が御殿に上がっていた頃は、国元で暮らしており、顔を見ることもなかった。その後、以与の産んだ長男が跡取りと定められ、昨年、江戸へ上った折、以与も一緒に江戸へ来たと聞いている。

お貞よりやや年上に見える以与は、容色の面では華やかなお貞の敵ではないと見えたが、跡取りの生母たる威勢はなかなかのようだ。

花見の席では、お貞以外の女たちがその場に平伏し、音曲を奏でていた者たちも楽器を横に置き、頭を下げていた。子供たちの方を見やると、母のもとへ駆け寄ろうとする総姫を止め、その身を庇うように立つ源次郎の姿が目に飛び込んできた。以与の方から放たれるぴりぴりした雰囲気は、幼い二人にも十分感じ取れるようだ。

（立派ですよ、源次郎）

その姿をしかと目に留め、お蝶自身は下手に以与の方から目をつけられぬよう、跪いて顔を伏せた。

「花見の宴とはにぎやかですね、お貞殿。生憎、わたくしは誘っていただけなかったようですけれど」

以与が刺々しい声でお貞に告げた。

「御覧の通り、宴とも呼べぬささやかな花見の席でございます。お以与の方さまをお迎えできるほどの用意がございませんでしたので、お声をかけるのも遠慮させていただきました」

お貞は遠慮深い口ぶりで、目を伏せていたが、その声にも態度にも決して以与に引けを取らない堂々としたものが感じられた。

「そのわりには、昼間からにぎやかな音曲を奏で、辺りもはばからぬ浮かれようですけれど」

「お耳に障ったのでございましたら、やめさせましょう」

「その方がよいでしょうね。我が藩の奥御殿で昼間から乱痴気騒ぎをしているなどと噂されては、殿や世子(せいし)の評判にも関わるでしょうから」

以与は冷えた声で言うなり、足もとの膳に目を向けた。

「まあ、お酒も口にしていたのですか」

「形ばかりでございます。甘酒や茶の用意もございます」

お貞の言葉を、以与は最後まで聞かなかった。

「ならば、わたくしにもここで酒を一杯振る舞(も)うてくだされ」

急に以与は言い出した。

「ご所望とあらば——」

　女中たちがお貞の周りを取り片付け、急いで以与の席を作る。以与はお貞と膳を挟んで向き合う形で座り、お貞に酌をさせた。盃の酒を一気に呷った以与は、それをそのままお貞に突き返す。

「次は、わたくしが酌をして進ぜよう」

　お貞の顔色が変わった。

「いえ、私は……」

「わたくしの酌は受けられぬと申すのか」

　以与の目つきが険しくなる。

「失礼ながら」

　その時、お貞の後ろに控えていた浅尾が声を張り上げた。

「お貞さまはご懐妊中でございますゆえ」

　以与の目つきがさらに険しくなったかと思うと、それから不意に和らいでいった。

「おお、そうであった。わたくしも知らせを受けていたのに、ついうっかりしてしもうた。お貞殿よ、殿のお子を無事にお産みし、立派にお育てすることこそがわたくしたちの務め。それを忘れぬように」

それまでとは別人のような優しい声色で、以与は諭すように言う。だが、聞いているお蝶はそれまでよりも以与のことが恐ろしくなった。

「かしこまりましてございます」

さすがにお貞は慣れたもので、平然と返している。

「大事な身であれば、このような席に出るのも望ましいこととは申せませぬぞ。体を冷やさぬよう、早々に引き揚げるがよい」

お貞が再び「かしこまりました」と返事をするのも待たず、以与はお貞に受け取ってもらえなかった盃を、投げ出すように膳の上に置いた。がしゃんと耳障りで騒々しい音が立つ。

以与とその女中たちの一行は去っていった。

「すぐに片付けをするように」

お貞は少し疲れたような表情で命じ、女中たちに気遣われながら奥へと下がっていった。それを見送ると、浅尾はすぐに総姫と源次郎のもとへと向かい、

「姫さまはすぐにお部屋へお戻りを。源次郎は供をしなさい」

と、硬い声で告げた。

「母上さまは大事ないの?」

総姫が心配そうに浅尾に問う。

「大事ございません。少しお疲れになられたので、お休みになるとのことでございます」

浅尾の返事に総姫はうなずき、部屋へと戻っていく。源次郎はそのあとに続いた。

「浅尾殿、私はこのまま失礼いたします。お方さまにはお大事になさるようお伝えください」

お蝶は浅尾を呼び止めて告げた。浅尾が黙ってうなずくのを見届け、少しだけ源次郎と話をしてもいいかと問う。浅尾は再び黙ってうなずいた。

「源次郎殿」

お蝶は呼びかけた。源次郎が足を止めて振り返る。

「総姫さまのこと、しっかりお守りしてくださいね。先ほどのように」

訝しげな表情を浮かべていた源次郎の顔が、不意に明るく輝いた。

「はいっ！」

それまで聞いたどの時よりも、元気よく明るい声で源次郎は返事をした。これ以上、言うべきことは何もない。

お蝶は笑顔で源次郎を見送った。それから、浅尾に深々と頭を下げた。

「任せておきなさい」

浅尾は愛想のない声で言うと、源次郎たちに続いて部屋の中へと入っていく。

お蝶は浅尾の姿が見えなくなるまで、頭を下げ続けていた。

源次郎を引き取り、戻ってきた源太と三人で暮らす――その夢は決してあきらめていない。だが、今すぐにそれが叶うわけではなく、源次郎を引き取ることを焦る必要もない。

(源次郎はここにしっかりと、自分の居場所を持っているのだから)

寂しくはあるが、自分は親としてそのことに誇りを持とう。

お蝶は自分の心にけりをつけると、桜の大木に目を向けた。先ほどと変わらぬ満開の桜であるのに、どこか色あせて見えるのは、楽しいひと時が終わってしまったからだろうか。

不意に、桜の花が目の中でぼやけた。お蝶は慌てて瞬きをする。ぽたっと流れ落ちた一粒の涙が、吹き付けてきた風に飛ばされていった。

第四話　双頭蓮(そうとうれん)

一

桜の花盛りの頃、人出でにぎわった増上寺も、そのあおりでやはり参拝者が増えた芝神明宮も、葉桜の季節になれば常の状態に戻る。門前茶屋のいすず屋も、花見の季節には縁台が人でいっぱいになったが、やがて、お蝶と常連客がのんびり世間話を交わせる日常が戻ってきた。

　隠居の一柳はほとんど日を空けず、め組の勲たちは体が空けば頻繁に、そして加賀鳶の龍之助は緊張しながら時折、いすず屋に足を運んでくれる。古い馴染みの勲らはともかく、一柳や龍之助に対しては、お蝶もひそかに用心していた。もちろん他の客たちに対しても、である。

だが、親しさを増し、相手の人柄を知るにつれ、一柳や龍之助を疑ってかからねばならぬ自分を申し訳なく思う時もあった。

（一柳さんや龍之助さんが、加賀藩の重臣たちの手先だなんて……）

まさか、そんなことはない——とは思うものの、一柳が隠居する前、どんな暮らしを送っていたのか、お蝶は知らない。そして、龍之助はあの加賀藩の大名火消しの一員なのである。お蝶は気がゆるむ度、用心しないでどうする、と源太や源次郎の顔を思い浮かべ、己を叱咤（しった）していた。

桜が散ると、間もなく風薫る季節が訪れ、やがて梅雨に入った。

雨降りは芝神明宮への参拝客も少なめになる。いすず屋でも外の縁台は片付けねばならず、当然ながら客足は落ちた。

その梅雨が明けるか明けないかという頃、

「お宮さんのお池の蓮に蕾がついたそうだよ」

と、お蝶はおりくから教えられた。

芝神明宮の境内にある摂社、御手洗社（みたらししゃ）の前には蓮池があり、毎年、うっすらと薄紅色に染まった清らかな花をつける。子供の頃から、この蓮の開花を楽しみにしていたお蝶は、さっそく翌朝早く蓮池へ向かった。まずは御手洗社を拝んでから、池のほとりに立つ。

瑞々しい緑の葉の間に、花の蕾がいくつか見えた。まだ緑色のものもあれば、白と薄紅色を見せ始めた蕾もある。

（蓮は御仏の国に咲くという花。これを見れば、昔はただ、心が清らかになったように感じたものだけれど）

清らかな美しさのみを言うなら、蓮の花に敵うものはないと、お蝶は今も思っている。

（でも、蓮の花は地獄にも咲く……）

紅蓮地獄という言葉を、お蝶は後に知った。紅蓮地獄では、寒さの余り皮膚がめくれるほどの惨い罰を受けるという。そのありさまがまるで、紅の蓮の花のように見えるため、紅蓮地獄と呼ばれるのだとか。

また、紅蓮は猛火のたとえにもなる。

極寒と猛火では正反対だが、熱さ寒さも極まれば、体に感じる痛みの激しさは同じということか。

源太が火事の現場から消えて以来、お蝶にとって蓮は紅蓮の猛火を連想させる花となった。

もっとも、御手洗社の蓮池の花は紅蓮ではなく、花弁の外側がほんのりと色づく程度である。それでも猛火を連想してしまうのなら、わざわざ見に行かなければよいのに、それができない。蕾の頃から足は吸い寄せられたように池へ向かい、花が咲けば、その美しさに魅入られたようになる。

お蝶の内心の小暗い思いに、おそらくおりくは気づいていないだろう。源太を想うお蝶の心の痛みは分かってくれても、蓮から紅蓮の猛火を浮かべてしまうお蝶の複雑な思いまでは——。

お蝶はしばらくの間、静かに池の蓮の蕾を眺め、踵を返そうとした。その時、参道を歩く若い娘の姿に気づいた。その娘は御手洗社にお参りをした後、蓮池に近付いてくる。

これという理由はなかったが、帰りそびれたお蝶は再び池に目をやった。娘の眼差しは蓮にまっすぐ向けられており、傍目(はため)にはどこか思い詰めているふうにも見えた。

(あたしもあんなふうなのかしら)

娘の姿にふと自分が重なり、妙な気分になる。娘がうつむいていた顔を上げようとしたので、お蝶は慌てて目をそらした。その時、それまで目に入らなかったものに気づいて、「あら」と思わず声を上げる。

「どうかされましたか」

娘が声をかけてきた。

「あの蕾、見えますか」

お蝶は池のちょうど真ん中辺りの蕾を指さしながら尋ねた。

「どれでしょう」

娘は尋ねながらお蝶の方へ足を運んできた。蓮の大きな葉によって隠された部分もあり、立つ場所によって見え方も異なる。お蝶の脇まで来た娘は、お蝶の指さすところに見入った後、「あっ」と声を上げた。

「あの蕾、二つとも一つの茎から出ていますね」

「そうなの。毎年、見ているけれど、あんなのは初めてだわ」

お蝶が声を弾ませると、娘は再び首をかしげた。

「……お姉さんは毎年、ここの蓮を御覧に？」

どう呼ぼうかと考え、「お姉さん」とすることにしたようだ。お蝶の方が年上であるのは間違いないから、特に嫌な気はしない。娘は十六か十七歳くらいと見えた。

「あたしは蝶というの。ここの門前茶屋で働いているのよ」

「あ、そうなんですね。それで……」

毎年ここの蓮を見ているのだろうと、娘は納得したようだ。

「あたしはこんといいます。柴井町(しばいちょう)の小料理屋で女中をしてまして」

柴井町とは、芝神明宮の門前から北寄り、東西を武家屋敷と武家屋敷に挟まれた町である。その南側は、お蝶の住む宇田川町に接していた。

「そうなのね」

互いに名乗り合った後、二人はどちらからともなく双頭蓮(そうとうれん)の蕾に目を戻した。

「あの蕾、二つともちゃんと開くでしょうか」

おこんは心配そうに呟く。確かに開花すれば、互いに場所を取り合う形となるだろうし、今も一つの茎から養分を分け合っているのだろう。

「他の花より小さいかもしれないけれど、どっちもちゃんと花開くといいわね」

お蝶の言葉に、おこんは「はい」と明るく答えた。

先ほど一人で蓮を見ていた時は、思い詰めた風情に見えたものだが、勘違いだったろうか。

「あの二つの蕾、吉兆だと思いませんか」

おこんは言い出した。

「吉兆？」

「はい。めずらしいものって吉兆と言うじゃないですか。白い蛇とか猪とか」

「ああ、そうね。確かにめずらしいから、そうかもしれない」

お蝶はうなずいたが、めずらしいものは凶兆とされることもある。双頭蓮がそのどちらなのか、お蝶は知らなかった。

「あたし、実は……」

少し唐突とも思える感じで、おこんは口を開いた。その眼差しはいつしか池の方へ戻されている。横顔に先ほどまでの明るさはなく、翳を帯びているようにも見えた。

「蓮の花、好きじゃないんです」

おこんはお蝶には目を向けず、蓮の蕾に向かって訴えかけるように言う。先ほどまで、吉兆の何のと明るくしゃべっていた娘とは別人のようであった。

「蓮の花が好きじゃないのに、この蓮池へ？」

「……はい」

「何を見に来たの？」

「蓮です」

迷いのない物言いだった。

好きでもないものをわざわざ見に来るのは、どんな理由あってのことだろう。だが、それを問えるほどの親しさはない。お蝶が黙っていると、

「思い出せるんじゃないかって。ぐれんの花を見れば、あの時のことが……」

紅蓮と聞こえたような気がしたが、聞き間違いだろうか。お蝶は訊き返そうかどうしようか一瞬迷った。

「あのね、あたしはいすず屋っていう茶屋にいるの。よければお宮さんにお参りしたついでに寄ってくださいな。太々餅も出してますから」

口をついて出てきたのは、当たり障りのない言葉であった。

「いすず屋さんですね」

顔をお蝶の方に向けた時、おこんの表情に翳はなかった。

「それじゃあ、いつかお邪魔するかもしれません。あ、あたしが働いているのは清州屋(きよすや)っていう小料理屋です。お蝶さんもよろしければ、いらしてください」

「柴井町の清州屋さんですね。うちの女将さんやお客さんにもお話ししておきます」

お蝶はおこんの明るい声に合わせて返事をし、先にその場を立ち去った。

（おこんさんが悩みごとを抱えているのは、確かだろうけれど……）

いすず屋へ向かう道すがら、おこんの翳のある眼差しがどうも気にかかった。

（双頭蓮が本当に吉兆ならいいのに）

雑談がてら一柳に尋ねてみようと、お蝶は心に留めた。

二

その日さっそく、お蝶はいすず屋へやって来た一柳に、蓮池で双頭蓮の蕾を見たことを話した。

「そりゃあめずらしい。双頭蓮はおめでたいことの徴だそうだよ。いいことが二倍になって訪れるんじゃないかね」

一柳は話を聞くなり、すぐに言った。

「さすがは一柳さん。双頭の蓮についてもご存じだなんて」

お蝶はおこんを思い浮かべながら声を弾ませた。

「蓮はただでさえ縁起のいい花だからね。昔、働き者だけれどお人好しで、皆から軽んじられている男がいたんだ。同じようによく働く牛を飼っていたんだけれど、ある時、その牛が大きな岩に吸い込まれちまった。さあ、大変だ」

いつの間にやら、一柳の面白おかしい不思議話が始まっている。今日は頼んでのことではなかったが、お蝶は話に聞き入った。

「男は牛を追いかけて、大岩にぶつかっていった。すると、あら不思議。跳ね返されもせず、男もまた岩の中に吸い込まれちまった。その岩は別の世界につながっていたんだね。もちろん、男の牛もちゃんといた。ところが、少し歩いていくと、一人の老人が現れてね、『お前さんの牛をひと月ばかり貸してほしい』と持ちかけてきたんだよ。その男だって、畑を耕したり、物を運んだりするのに、牛がいなくちゃ仕事にならん。しかし、お人好しの男は断れなかった。その時、老人は男に一粒の種を渡して『これを池に放り込みなさい。きっといいことがあるよ』と言ったんだ」

気がつくと、男は村に帰ってきていた。牛はいなくなっていたが、老人から渡された種は手の中にある。男がそれを家の裏手にある池に放り込むと、その種からは蓮が生えてきた。

それからの日々、牛のいない男の暮らしは大変だった。それでも、懸命に働いてどうにかしのぎ、やがてひと月が過ぎる。

老人に貸していた牛は男のもとへ無事に帰ってきた。

さて、家の裏手の池を見てみると――。

「何と、蓮の花から黄金の塊がざくざくとあふれ出してくる。数えてみると、ざっと三十粒。つまり、牛を貸していた日数の分だけ、黄金をもらえたというわけだね。こうして、老人に親切を施した男は大金持ちになったんだとさ。どっとはらい」

一柳はにこにこしている。

「親切な人がきちんと報われる。とてもいいお話ですね」

これなら寅吉やおよしに聞かせてやりたいと思いつつ、お蝶は言った。

「そうそう。こんなふうに蓮はありがたい花なんだ。それが双頭になってる奇瑞を見たんだから、お蝶さんにはきっといいことがあるよ」

「その時、おこんさんっていう娘さんが一緒だったんです。柴井町の清州屋っていう小料理屋さんで働いているんですって」

一柳は金に余裕がありそうだから、小料理屋を使うこともあるかもしれない。機会があったら、ぜひ行ってみてほしいと言い添えておく。

「それじゃあ、そのおこんさんにもいいことがあるだろうね。ああ、でも、念のため、蕾だけじゃなくて、花が咲いた時にも見ておくことをお勧めするよ」

「そうですよね。あたしも忘れずに見に行こうと思います」

お蝶がうなずいた時、「双頭蓮の話かい？」とおりくが話に加わってきた。おりくにはすでに双頭蓮の蕾を見た話は伝えている。吉兆じゃないかねえと首をかしげていたが、一柳の話を聞いて安心したようだ。

「それじゃあ、あたしも蓮の花が咲いたら、拝みに行かないとね。うちのおっ母さんも冥途（めいど）の土産に見に行くと言い出すかもしれない」

などと言っている。一柳は今日の帰りがけに、御手洗社まで足を運んでみると言う。

「それにしても、双頭蓮か」

おりくが何やら考え込むように呟く。その両眼には生半可ではない輝きが宿っていた。

「今の一柳さんの話じゃないけど、蓮で一儲けってわけにはいかないかねえ」

「蓮で一儲け、ですか」

お蝶は目を丸くした。

「そう。双頭蓮が咲いたって評判になったらさ、芝神明宮への参拝客は増えるだろ。そしたら、太々餅ならぬ双頭蓮餅とか売り出すのはどうかねえ」

「それはいいですね。でも、太々餅と違ったものにしないと。双頭蓮餅ってどういうものを考えていらっしゃるんですか」

「餅に蓮根を混ぜるとか？」

かなり大雑把な答えが返ってきた。

「それって、甘いんですか、しょっぱいんですか」

「さあ」

おりくは首をかしげている。深く考えての発言ではなかったようだ。

「蓮根を使った練り物の料理を食べたことがあるよ。餅と言ってもいい食べごたえだったように思うがねえ。甘辛いたれに付けて食べるんだけど、なかなか美味かった」

一柳が昔食べた料理について披露してくれる。残念ながら、どこの料理屋で食べたのかは覚えておらず、また料理の正式な名前も思い出せないという。

「一柳さんはこれまで、多くの料理屋へ行かれたことがあるんですね」

お蝶が尋ねると、「さあ、どうだろう」と一柳はとぼけている。相変わらず、隠居前の暮らしぶりについては口が堅い。

「双頭蓮餅ってのもいいけどさ。お守りとか、おもちゃとか、そういうのも金を生むんじゃないかねえ」

ふと思いついたという様子で、一柳は話を変える。

「お守りって、千木筥のようなものですか」

お蝶も話を合わせて訊き返した。

芝神明宮の門前で売っている千木筥は、三つの小箱を藁で連ねた形のお守りである。お蝶は子供の頃、この千木筥が欲しいと美代に言われ、買い物に付き合わされたことを、懐かしく思い出した。

この千木筥の表には、藤の花が描かれている。

「千木筥を作ってる職人は、この辺りにいることだし、新しくこういうのを作ってくれって言やあ、引き受けてくれそうだけどねえ」

しばらく知恵を絞っていたおりくは、やがて、何かを思いついた表情になると、

「千木筥の絵を藤から蓮に変えてみるってのはどうかね。双頭蓮だから、三段じゃなくて二段の筥にしてさ」

と、言い出した。

「三段のものがあるのに、二段のものを買う人がいるかね。何だか福が少なそうじゃあないか」

一柳から率直な感想を言われ、おりくはがっかりしている。

「お守りでは千木筥に敵いませんから、おもちゃの方がいいかもしれませんよ」

お蝶はおりくを慰めた。

「おもちゃと言ってもねえ」

そう容易く思いつくものではない。結局、誰もこれという案を出すことはできなかった。

「双頭蓮餅のこと、おっ母さんに相談してみるよ。おっ母さんならいい案が浮かぶかもしれないし」

かつて太々餅売りをしていたおゆうに、おりくは知恵を借りると言い、一柳も
「前に食べた蓮根の料理をよく思い出してみるよ」と言った。

「それじゃあ、あたしはおもちゃでも考えてみます」

子供たちの顔を思い浮かべながら、お蝶は最後に言い添えた。

おりくは、食べ物にしろおもちゃにしろ、いいものが思いついたらいすず屋で

売り出し、それで一儲けするのだと、なかなかに商魂たくましい。

「お人好しの牛飼いみたいに、蓮で一儲けってことになるかもしれないよ」

「その時は、私も分け前をもらえるのかい？」

一柳がのんびりとした口ぶりで言う。

「そりゃあ、一柳さんの案が黄金の塊をもたらしてくれたらの話ですよ。しっかり、考えてきてくださいね」

「おお、こりゃ、いい加減な話は持ち出せないねえ」

一柳が顔を引き締めて言い、その後、皆で笑い合った。

おりくや一柳と一緒に、金儲けの話などをしている時は気分が楽しい。蓮から紅蓮の猛火を連想することもなければ、つらい過去を思い出すこともなかった。

毎日、こんなふうに暮らしていければいいのに、と思う。

美しいものを見て、ただ美しいとだけ感じ、楽しいことに出合えば、屈託なく笑う。そうできれば、どんなにいいか。

源太がいなくなってしまってから、お蝶を取り巻く世界は変わってしまった。

何を見ても、何を聞いても、心の底から笑い、楽しむことはできない。そうしてはいけないようにさえ感じてしまう。源太や源次郎に対して申し訳ないというような――。

　いつまでこういうことが続くのだろう。

　源太に再会することが叶わなければ、自分は死ぬまで、心から笑うことができないのだろうか。

　初めは、双頭蓮に関するおもちゃについて考えていたはずなのに、宇田川町の長屋に着く頃にはいつしか心が暗い方へと向いてしまっていた。こういう時は、無理してでも心の向きを変えなければ、どこまでも暗い方へ進んでいってしまう。それがつらいと自分でも分かっているのに、光の射さない暗闇の世界へ向かうことは決して嫌ではなかった。

　そこでは、誰にも邪魔されることなく、源太のことだけを考えていられるから。そして、そういう境遇の自分を哀れんであげられるから。

「お蝶姉、お帰りい！」

　長屋の近くまで来ると、突然、元気な声がお蝶の物思いを破った。長屋の前の空き地で遊んでいた寅吉の声だ。およしと猫のそら豆も一緒にいる。

「にゃあ」

　そら豆が足もとに駆け寄ってくる。以前のようにお蝶の足に体をこすりつけてくるのではなく、抱き上げろとでもいうようにお蝶を見上げてきた。

お蝶は「ただいま」と言いつつ、そら豆を抱き上げた。よろしい、とそら豆が満足そうに目を細める。

そら豆はずいぶんと大きくなった。預かった春の頃は、放っておけないようなか細さだったが、今は少し目を離していても大丈夫と思えるようなたくましさがある。

それに、寅吉やおよしにしょっちゅうかまってもらっているせいか、初めて見る人に対しても、あまり人見知りをしなくなった。

熱川屋の美代からは、もうしばらく預かってほしいと言われて以来、音沙汰がない。奉公人が家の主人を殺害しようとした上、小火まで出したのだから、その後の立て直しが大変になると言っていた。

お蝶はいくらでもそら豆を預かるつもりであったし、美代もなかなか手が空かないと言ってはいたが、いつかはそら豆を返す日がやって来る。寅吉とおよしにもそのことは伝えてあるが、そんな日が来なければいいと願っているようで、母親のお夏にはそう訴えているらしい。お蝶自身も幼い二人とまったく同じ気持ちであった。

　だからこそ、兄妹の前では、そら豆を返すことについては話さない。兄妹もお蝶の前ではそのことを口にしない。口にすれば泣いてしまいそうだと、三人とも分かっていたから――。

　およしがお蝶の袖を引っ張った。

「ねえねえ、見て」

「なあに、それ」

　およしがお蝶に見せてくれたのは緑の花穂(かすい)を付けた狗尾草(えのころぐさ)であった。ふさふさしたその穂の具合が犬の尻尾のように見えるから、そう呼ばれている。

「これをね、そら豆に向かって、こうして」

　およしは、お蝶に抱えられたそら豆が自分より高い位置にいるので、一生懸命背伸びをして、狗尾草を振ってみせる。すると、それまでおとなしくしていたそら豆が急にもぞもぞと動き出し、あっという間に、お蝶の腕をすり抜けてしまった。そら豆は体の均衡を崩しもせず、さっと地面に跳び下りると、狗尾草に向かって、ぴょんと跳躍した。伸ばした前足は穂をかすめはするものの、猫の手でとらえることはできない。およしはきゃあきゃあ言いながら走り出し、そら豆はそのおよしを追いかけ始めた。

「ちょっと、危ないわよ」

お蝶は慌てて声をかけたが、「大丈夫だよ」と寅吉が落ち着いた声で言う。

「じゃれ合ってるだけだからさ」

そう言われてみれば、およしとそら豆は本気でない追いかけっこをしているかのように見えた。

「あれ、猫じゃらしっていうんだって、おっ母さんが言ってた。猫は大好きなんだってさ」

なるほど、狗尾草は猫じゃらしとも呼ばれるらしい。その猫じゃらしは、お夏がどこからか調達してきたということだった。

「そら豆はいいものをもらったのね」

軽やかに駆け回るそら豆を見ながら、お蝶は微笑んだ。狗尾草を持つおよしの笑顔もこれまで見た中でいちばんと言ってもいいほど輝いている。

その時、お蝶の頭の中で、それまでばらばらだったことが一気に結びついた。

(もしかして)

気づいた時には「およしちゃん」とお蝶は大きな声で呼びかけていた。

「なあに、お蝶姉」

およしが少し驚きながら、足を止め、そこからまっすぐにお蝶のもとへ駆け寄ってきた。そら豆も仲良く一緒に駆けてくる。

「それ、ちょっと貸してもらえる？」

およしが手にした狗尾草を指さして、お蝶は訊いた。

「お蝶姉もそら豆と遊びたかったんだね」

およしが訳知り顔で言い、ちょっとだけなら貸してあげてもいいよ、とばかりの得意顔で、狗尾草を差し出してきた。

「にゃあにゃあ」

そら豆もまた、お蝶が遊んでくれるのだとばかりに、跳びついてこようとする。

「あ、違うの。ちょっと思いついたことがあるから、よく見せてもらおうと思ったのよ」

「思いついたことって？」

およしが目をきらきらさせながら訊いてくる。

「この猫じゃらしはいずれ枯れてしまうでしょ。だから、枯れないおもちゃをそら豆に作ってあげようかなと思って」

「この草はたくさん生えてるって、おっ母さんが言ってたけど」

寅吉が口を挟んでくる。

「そうね。でも、冬になったらこの草は枯れてしまうわ。冬にも遊べるものがあった方が、そら豆だって嬉しいでしょ？」

冬が来るまで、そら豆がお蝶のもとにいる見込みは低いだろう。それでも、一年中遊べるおもちゃを渡してあげられれば、別れてからも、そら豆はお蝶や寅吉、およしのことを覚えていてくれるかもしれない。

お蝶は狗尾草の茎の部分の強さを確かめ、およしに返した。花穂を作り物に付け替えられればと思ったが、狗尾草の茎はそれほど丈夫ではない。もっとしっかりした枝か茎、とはいえ、あまり固くはなくて、しなやかなもの――。

（柳の枝くらいがちょうどいいかしら）

そのことを心に留めて、「出来上がったら見せるわね」とお蝶は寅吉とおよしに約束した。

そして翌日、帰りがけにお蝶は少し足を延ばし、ちょうどいい具合の柳の枝を見つけると、それを持ち帰った。前の晩に作っておいたものを、余計な葉っぱなどを取り除いた柳の枝の端に結び付ける。

綿と端切れで作った飾りものだが、柳の枝に糸で結びつけると、枝を振る度に、ぶらんぶらんと糸と一緒に揺れ動いた。

「そら豆は喜んでくれるかしら」

この日もそら豆は寅吉とおよしに狗尾草で遊んでもらっている。お蝶は出来上がったおもちゃを持って、長屋の外へ出た。

長屋の前の空き地を駆け回っていた二人と一匹が動きを止め、六つの目がお蝶と新しいおもちゃに注がれる。

「それ、なあに？」

およしが狗尾草を持った手を、お蝶の手にしたものに向けて訊いた。狗尾草の花穂の動きにつられたか、そら豆がびゅんとおもちゃに跳びかかってくる。

「あら、気に入ったのかしら」

お蝶が少し体をひねって、新しいおもちゃを遠ざけると、そら豆はさらにそれを目がけて走った。枝の先に付いた二つの飾りがゆらゆらと揺れる。

「それ、お蝶姉が昨日言ってた猫じゃらしのおもちゃだろ」

「何、なに。それ、何がついてるの？」

寅吉とおよしも興味津々だ。

「二つもあるから、そら豆は嬉しいのかな」

今や、そら豆はおよしが手にした狗尾草には見向きもせず、お蝶が持つ新しい猫じゃらしに夢中のようだ。

「だけど、それ、何なんだ」

寅吉は枝の先で揺れているものが何か、分からないようだ。

綿を白い端切れの布で包み、両端をつまんで桃の種のような形に縫い合わせたそれが、まさか双頭蓮の蕾であると気づいてくれる者はいないだろう。本当は薄紅色の端切れがあればよかったが、さすがに持ち合わせていなかったから白い蕾になった。大した手間をかけずに完成したこれは、いわば双頭蓮の猫じゃらしだ。

そう告げても首をかしげられてしまいそうだが、そら豆が喜んでくれれば、それでいい。寅吉とおよしは初めこそ、それが何なのか気にしていたが、そら豆が喜んでいるのを見ると、自分も新しい猫じゃらしを振り回したくなったらしく、

「それ、貸して」

と、お蝶に跳びついてきた。

「代わりばんこにね」

寅吉に双頭蓮の猫じゃらしを渡すと、寅吉が歓声を上げながら駆け出した。

「待ってよう」

と、およしが寅吉とそら豆のあとを追う。

「そら豆ってば、こっちも見てったら！」

およしが負けまいとしてか、手にした狗尾草を大きく振る。すると、そら豆はそちらにも気を取られた様子で、どうしようかと迷うようなそぶりを見せた。

「あら、まあ」

ちょうどその時、お夏が隣の長屋から出てきた。その眼差しは寅吉の手にしたものに据えられている。

「目ん玉が二つ、ついてるわ」

「これって、目ん玉だったの？」

寅吉が吃驚仰天という様子で叫んだ時、そら豆がそれに向かって跳躍した。

三

蓮の蕾の形をした飾りを二つ、柳の木の枝にくくりつけ、双頭蓮の猫じゃらしとして芝神明宮の土産物とするのはどうだろう。お蝶が出した案は「猫を飼ってるお家以外じゃ、何の使い道もないよねえ」とおりくから言われてしまった。売り物となるにはほど遠いようだ。

一方、おりくが母のおゆうに依頼した双頭蓮餅については、蓮根入りの餅を二つ一組で供すれば「双頭蓮」の名も生かせると、おゆうが乗り気になったらしい。

甘い太々餅とは味を変え、蓮餅は一柳が料理屋で食べたもののように甘辛くするのがよさそうだ。蓮根をすりおろしたものに、葛(くず)や片栗の粉などを混ぜて餅のように仕立ててみたらいいんじゃないか。そんなことを口にしながら、おゆうは張り切っているらしい。

「それじゃあ、蓮根が穫れる時季になったら大忙しですね」

お蝶が言うと、「いいや、今から大忙しだよ」とおりくは苦笑した。

「蓮根って体にいいと言うじゃないか。薬としても使われるんだってね」

蓮根を輪切りにして干してから粉状にしたものが、薬種問屋で売られているのだとか。

「それをすぐに買ってこいって、言われちまってさ」

おりくは自分の店を閉めてから、薬種問屋を何軒か回ることになったという。

「でも、その甲斐あって、おっ母さん、いろいろ試し作りをしているよ。蓮の花が咲く頃には双頭蓮餅もお目見えかもしれないね」

料理に関してはすべておゆうに任せているらしい。おりく自身は料理の腕はからっきし、というのが本人の弁である。かつて嫁入りした先は大店の商家だったため、自分で料理しなくても済んだそうだ。

一方のおゆうは、太々餅の振り売りからやがて店持ちになったという働き者の苦労人だが、出戻ってきたおりくにその店を譲って引退した。その際、店をただの餅屋から茶屋へと変えたのが、いすず屋の始まりである。

「蓮の花が咲くまでに、蓮の餅が出来上がるといいですね」

そうなれば、いすず屋で供する品が一つ増えるかもしれない。おゆうの餅作りの腕に期待しつつ、完成を楽しみに待とうと二人は言い合った。

そんな話をしてから数日が経った五月末、いすず屋にお蝶と同い年くらいの男が一人でやって来た。見覚えはなく、初めての客のようだ。曇り空の下、外には縁台を出していたが、男は屋根のある店の中の席に座った。

たまたま店に来ていた一柳の話し相手をしていたお蝶は立ち上がり、注文を訊きに向かう。

「いらっしゃいませ。飲み物はお茶に麦湯に甘酒があります。太々餅もよろしければご一緒にどうぞ」

男は伏せていた目を少し上げると、「茶と太々餅」と低い声で告げた。それを受け、水屋で用意を始めたお蝶に、「無理して相手しなくていいからね」とおりくが小声で言う。

悩みを抱えていそうな人、話を聞いてもらいたそうな人を見れば、お蝶はなるべく声をかけるようにしていた。どうにもならない苦境に陥って、芝神明宮に参拝し、その足で茶屋に立ち寄ったという人たちだ。そうした客の中には立ち入ってこられるのを嫌う人もいるし、一概に声をかければよいというものでもない。だが、お蝶の直感では、今の客は誰かに話を聞いてもらいたがっているふうであった。

お蝶は「お待ち遠さま」と声をかけながら、男のもとに向かった。ところが、注文の品を男が受け取ろうとしたその時、

「ちょいと、失礼しますよ、お兄さん」

と、横から声がかかった。何と、少し離れた席に座っていた一柳が、男の隣に

移動してきたのだ。

「お兄さんはお一人で？」

　突然、一柳に声をかけられた男客は目を見開いた。

「ええ、そうですが」

　無愛想ながらも、男は返事をする。

「私もちょうど太々餅を注文しようと思ってたんだ。このお蝶さんに話し相手になってもらってたんだが、お兄さんと一緒に食べさせてもらってもいいかね」

　初対面にしては馴れ馴れしい申し出だが、「……かまいませんよ」と男は答えた。が、一柳の太々餅が用意されるのを待とうともせず、さっさと餅にかぶりついている。

「太々餅のご注文でよろしいですね」

　お蝶は急いで一柳に確かめた。

「ああ、それにお茶もおかわりするよ」

　一柳は飄々と言い、お蝶は再び水屋へ取って返した。お蝶が一柳の追加分をそろえて客席へ向かった時にはもう、男客は太々餅を平らげていたが、一柳と男の会話の方も少し進んでいるようであった。

「この方はね、八五郎さんとおっしゃるそうだ」

一柳が男をお蝶に引き合わせた。

「こちらは、いすず屋の看板娘のお蝶さん。何といっても聞き上手でね。お兄さんも話したいことがあれば聞いてもらうといいよ。お蝶さんが余所でしゃべるようなことは決してないからね」

一柳の褒め言葉を「聞き上手と言われるほどでは……」と笑顔で受け流し、

「それでも、話すことで楽になることもありますから」

と、お蝶は八五郎に持ちかけてみた。

一柳は、八五郎の荒んだ目つきが気になり、間に入ってくれたのかもしれない。目配りと気遣いはもとより、度胸のよさもなければ、できることではない。そんな一柳への謎は深まるばかりであったが、とにかくそのお蔭で、八五郎の気分はだいぶ和らいだようであった。

「俺は江戸の生まれでね。事情があって、七年ほど江戸を離れていた」

こちらから促すまでもなく、八五郎は口を開いた。お蝶は一柳の前の席に座り、話に耳を傾ける。

「江戸へ戻ってきたのは、会わなきゃならねえ奴がいるからだよ。お伊勢さまにお参りしたのも、そのことをお願いしたかったからだ」

お伊勢さまという呼び方がつと口をついて出るのも、江戸の生まれだからなのか。話を始めた八五郎のやさぐれた表情には思い詰めた色がある。

「会わなきゃならない人ってのは、八五郎さんにとって大事な人かい？」

一柳が訊き返すと、

「そんなわけがあるか！」

と、八五郎は吐き捨てるように言った。それがあまりにきつい物言いだったので、お蝶と一柳は思わず顔を見合わせる。

八五郎もまた、初対面の相手に声を荒らげた気まずさを覚えたらしく、「すんません」と軽く頭を下げるなり、それからは淡々とした口ぶりで語り出した。

「俺は前、この近くに住んでたんですよ。家は千成屋（せんなりや）っていう料理屋をやってましてね。そこそこ繁盛してましたよ。通いを含めりゃ、奉公人も二十人はいましたしね。あ、料理人も含めてですが」

言葉遣いも先ほどまでとは異なり、丁寧なものになっていた。

「ほう、そりゃ、大したものだ。店を営んでいたのは八五郎さんの親父さんかね」

一柳の言葉に、八五郎はうなずく。

「俺はそこの跡取りだったんですが、今から七年前……」

八五郎はそれ以上続けるのがつらそうに口を閉じると、奥歯を嚙み締めるような表情をした。

お蝶も一柳も先を急かすことはせず、八五郎の言葉を待った。

「うちから火が出ました。もちろん、料理屋としてあってはならない過失です。幸い、火が余所へ移る前に消し止められはしたんですが、うちの店はなくなりました。親父は不始末により、手鎖三十日の罰を受けましてね。後始末が終わってから、うちの一家は親戚を頼って下総に移ったんです」

八五郎の母はそれから間もなく亡くなった。慣れない畑仕事を始めた父親もやがて病みつき、去年鬼籍に入ったという。

「それからふた月ほど後のことですが、どこでどう親父の死を聞きつけたのか、以前の奉公人が訪ねてきましてね。世話になった旦那の墓に線香を上げさせてほしいと言うんです」

「八五郎さんのお父さんは、奉公人さんたちから慕われていたんですね」

お蝶は静かに言った。

火事で働き口をなくした奉公人たちとて、その後は大変な思いをしたことだろう。下手をすれば、恨まれることもありそうな話だが、八五郎の父親は思いやりのある主人だったようだ。

だが、八五郎はお蝶の言葉など耳に入らぬ様子で、先を続けた。

「その奉公人の男が親父の墓前で打ち明けたんです。あの火事の火元は本当は厨じゃないって」

七年前の火事の際、火元ははっきりしなかったそうだ。厨を預かっていた料理人たちは火の不始末などあり得ないと口をそろえた。しかし、それ以外には火元が特定できず、料理屋なのだから厨から火が出たと考えるのが妥当だと、最後には判断された。結局、八五郎の父親がすべての責めを負う形で決着したのである。

「その奉公人さんが本当の火元を知ってたってことなのかい？」

一柳が先を促し、八五郎は「そうです」と低い声で言った。奥歯を嚙み締める音がこの時はお蝶にも聞こえた。

「奉公人さんは何と――？」

お蝶はそっと尋ねた。

「その日、若い衆が仕事をうっちゃって煙管（きせる）を吸ってたと白状しました。けど、その最中、上の者に呼ばれたんで、慌てて始末して飛び出した。火がちゃんと消えたかどうか、確かめる間もなかったってね」

最後は吐き捨てるように、八五郎は言った。

「それじゃあ、その火の不始末が原因で……」

「訪ねてきた元奉公人は、怠けてた連中の一人でした。親父の墓の前で泣きながら言い訳しやがった。自分は火事の後、正直に打ち明けようとしたんだが、それを止めた奴がいたってね」

皮肉まじりの冷えた物言いだった。

「それじゃあ、八五郎さんが江戸で会わなきゃならない人っていうのは……」

「その止めたっていう奉公人ですよ」

苦虫を嚙み潰したような表情で、八五郎が答える。

「平助（へいすけ）の野郎。あいつだけは許せねえ」

聞き取りにくいほどの低くかすれた声であったが、八五郎の恨む人物の名は何とか聞き取れた。

「図々しくもこの辺で、小料理屋を開いたと聞いたんでね。店の名までは知らねえが、店があるなら逃げも隠れもできねえはずだ。必ず見つけ出して、真相を吐かせてやりますよ」

「八五郎さんはその平助さんを見つけ出したら、どうしたいんだね」

落ち着いた声で尋ねる一柳を、八五郎は睨むように見据えた。

「どうもこうも、このままじゃ腹の虫が治まらねえんですよ」

「しかし、平助さんをつかまえたところで、八五郎さんのご両親や失った店は戻ってこない」

「そんなことは分かってます」

嚙みつくように八五郎が答える。

「けど、奴に罪を認めさせて謝らせなけりゃ、俺は先に進めねえ。お裁きのやり直しをしてもらえるかどうかは分からねえが、とにかく奴を見つけ出さねえと」

「その、八五郎さん。罪を打ち明けた元奉公人さんはどうしたんですか」

お蝶は思い切って尋ねた。

「別にどうもしちゃいないよ。そりゃあ、一発くらい殴ってやりたかったが、親父の墓前で泣き崩れてる奴を殴ったって仕方ねえ」

火事の真相を打ち明けた元奉公人とは、父親の墓の前で別れたそうだ。その返事を聞いて、お蝶は一安心した。それならば、平助とやらが同じように悔い改める態度を見せれば、八五郎は気が済むのかもしれない。

（この辺りの小料理屋……）

その時、御手洗社の蓮池で会ったおこんの顔が思い浮かんだ。

（確か、柴井町の清州屋）

茶屋に来た客にも勧めておくと約束し、一柳などにも話していたが、さすがに目をぎらぎらさせた八五郎に聞かせるのははばかられた。八五郎の探している店がおこんの働いている店、などという偶然がそうそうあるとも思えない。この辺りには芝神明宮、増上寺への参拝客を見込んだ小料理屋がいくつもあるのだから。そう思う一方で、何となく嫌な予感がした。

いずれにしても、平助という男の店が逃げない以上、八五郎の執念は遠からずそれを見つけ出すだろう。

「こんなつまらねえ話を聞いてくれて、ありがとうさんです」

八五郎は気を取り直した様子で、一柳に頭を下げた。

「けど、話を聞いてもらって、少しだけ気持ちが軽くなりました。姉さんも話を聞いてくれてありがとな」

お蝶に対してはややくだけた物言いで言い、八五郎は茶と太々餅の代金を渡してきた。

「これから、この辺りの小料理屋を当たってみますよ」

そう言って、八五郎は去っていく。引き留めることなどできないが、平助を見つけ出した八五郎が何かしでかすのではないかと、お蝶は不安であった。

「清州屋と言っていたね、柴井町の小料理屋さんは」

八五郎が帰った後、一柳がおもむろに言い出した。一柳もまた、お蝶と同じ懸念を抱いていたのだと知り、お蝶の不安はますます膨らんだ。

「八五郎さんの話に当てはまるよね」

主人の名は聞いているのかと問われ、お蝶は首を横に振った。

「でも、偶(たま)さかにしても、そんなこと……」

「ここは江戸のお伊勢さまだよ。神さまのお引き合わせだってあるだろ」

それは、八五郎のために、ということであろうか。確かに、今の話を聞いた限りでは、八五郎は難をこうむった側には違いないが……。

「清州屋が平助さんの店かどうかは分からないけど、行ってみれば分かるだろ」

「一柳さん、清州屋さんへお行きになるんですか」

「お蝶さんが、ぜひ行ってみてくれと言ったんじゃないかね」

一柳は少し笑ってみせた。確かにその通りだが、今となっては、一柳を危ないところに近付けたくなかった。

「私は八五郎さんの怨念とは関わりないから、平気だよ。おこんさんといったね、お蝶さんから聞いたと言って、名指ししてみるよ」

もしも清州屋の主人が平助なら、八五郎のことを知らせて心構えをさせた方がいいだろうと、一柳は言う。

「その後のことは、八五郎さんと平助さんが話し合うしかない」

一柳の言葉に、お蝶はうなずいた。もとより他人が関われるような話ではない。だが、おこんが巻き込まれないでほしいと、ひそかに願った。

「それにしても、平助さんという人はもともと一介の奉公人だったんだよね。それが、今じゃ小料理屋を営んでいる。寝る間も惜しんで金を作ったか、よほどいい運に恵まれたか」

独り言のように呟く一柳の言葉を聞き、お蝶はどきっとした。

「もしや、平助さんが店持ちになった経緯には何かからくりが……八五郎さんをいっそう怒らせてしまうような何かがあると、お思いなんですか」

「いや、そこまでは分からない」

一柳は難しい顔で言ったが、すぐにとらえどころのない顔つきに戻った。

「まあ、行ってみれば分かる。清州屋さんだけじゃなくて、その近くの小料理屋も含めて何か分かったら、お蝶さんにも知らせるからさ」

「おこんさんにもよろしくお伝えください」

「ああ、いすず屋でお蝶さんが待っていると伝えておくよ」

一柳はそう言い置いて、帰っていった。梅雨が明ける前の蒸し暑さがこの日に限ってたまらなく感じられた。袖で顔に風を送りながら空を見上げると、曇り空が何とも重たげに見えた。

四

め組の纏持ちの勲がいつもの顔ぶれ——梯子持ちの又二郎と鳶人足の要助を引き連れ、いすず屋に現れたのはそれから二日後のこと。暦はすでに六月に変わっていた。

「訊きたいことがあるの」

挨拶もそこそこに、お蝶は勲たちに尋ねた。

「七年前、千成屋っていう料理屋さんが火事になったの、覚えていない？」

その当時、火消しをしていた者たちなら、覚えているかもしれない。生憎、最も若い要助はまだめ組に入っておらず、七年前と聞いた時からつまらなそうな表情になっている。

片や、すでに火消しになっていた勲と又二郎は真剣な顔つきになった。当時は二人とも鳶人足の平人で、源太は纏持ちになっていたはずだ。その源太の不在に胸が痛んだが、今はいったん脇へ置こうと、お蝶は千成屋の火事の話に集中した。

「七年前か。ちょいと昔だが、覚えてないわけじゃねえ……と思う。ええと、その料理屋は何町にあったんだい？」

勲が記憶をたぐり寄せようと顔をしかめながら問うてくる。が、生憎、町の名前までは聞いていなかった。

「千成屋って名前にゃ覚えがある」

と、又二郎が口を挟んだ。口数は少ないのだが、言うことはいつも正しく、話の核心に触れることが多い。

「確か、大きな料理屋だ」

　又二郎の言葉が呼び水になったのか、「思い出した」と勲が大声を上げた。

「評判のいい料理屋で、主人も手堅そうな男なのに、不始末から火事になったんだった。余所へは広がらなかったけど、その店はつぶれたんじゃなかったっけ」

「たぶんそれだわ」

　お蝶も大きな声で返す。

「その火事の原因って、厨から火が出たって聞いたんだけれど、確かかしら」

　続けて尋ねると、勲は首をひねった。

「いや、そこまでは覚えてねえな。初めは火付けも疑われてたような覚えもあるが、結局、店のせいだってことになって、その後は……」

　特に心に留めていなかったという。確かに、火元の原因などを探るのは役人の仕事で、町火消したちの仕事ではない。火付けでもなく、被害も火元の店だけで済んだ火事のため、無理もなかった。

　だが、そうなると、八五郎の言葉の真偽を確かめる術がない。

「それにしても、どうして突然、そんな昔の火事のことなんか、気にするんだい」

勲から訊かれ、お蝶は二日前に訪れた八五郎のこと、その打ち明け話を一柳と二人で聞いたことを語った。その前に知り合ったおこんが柴井町の小料理屋、清州屋で働いていることも打ち明ける。

「一柳さんはさっそく、その日の夕方に清州屋へ行ってくださってね。おこんさんを名指しで呼んで、話を聞いてくれたのよ」

「で、清州屋は平助って男の店だったのか」

お蝶はおもむろにうなずいた。

「名前は、平助から平右衛門と改めていたんだけれどね。前に千成屋で働いていた平助さんで間違いないって。どうしてそこまで分かったかっていうと、おこんさん自身が前に千成屋で女中奉公をしていたからだったのよ」

「なら、おこんって娘と平助は昔、一緒に千成屋で働いていたわけか」

「ええ。当時、おこんさんはまだ奉公に出たばかりの子供で、働き始めてすぐ火事に遭ったそうなの。その後、しばらくして平助さんが今のお店を持った際、声をかけてもらったので、清州屋で働き始めたということらしいわ」

清州屋へ客として出向いた一柳は、おこんから多くのことを聞いてきてくれた。

「それだけ聞くと、平助、いや、今は平右衛門か、清州屋の旦那はいい人のようだけどな。火事で奉公先を失った昔の朋輩を忘れずに、自分の店を持つや、声をかけたってことだろ」

「そうね。おこんさんも千成屋が火事でつぶれた後、別の店へ移ったものの、あまり居心地がよくなくて苦労したらしいの。だから、声をかけてくれた平右衛門さんに感謝していたそうよ。七年前の火事の時、自分の不始末を隠して、仲間にも口をつぐませたなんて、今の平右衛門さんからは考えられないと言っていたって」

「そうなると、八五郎が嘘を吐いている、あるいは八五郎の親父さんを訪ねてきた元奉公人の話が出鱈目ってことになるのか」

「でも、前のご主人の墓前で、泣きながら嘘を吐く人がいる？　それに、八五郎さんの思い詰めた様子からして、こちらも嘘を吐いているようには見えなかったわ」

「いやいや、分からねえぞ、八五郎は今じゃ金もないんじゃねえか。だったら、かつての奉公人が成功したのを知って、たかってやろうというつもりかもしれねえ」

八五郎を直に知らぬ勲の言い分も分からなくはない。だが、やはりお蝶は八五郎の言葉に嘘はないと今も思っている。

とはいえ、おこんの言葉に偽りがあるとも思えない。どこかで糸がもつれていると思うのだが、平右衛門に対面しなければ、確かめようはなかった。清州屋へ出向いた一柳も主人の顔は拝めなかったと言っていた。

「とにかく、その八五郎さんが平助さんのお店を探し回っているの。平右衛門と名前を変えていたって、過去を隠してるわけじゃないから、すぐに見つけ出せると思うわ。何もなければいいけれど、火事がらみでもあるし、皆も念のため、胸に留めておいて」

お蝶の言葉に、火消したちは表情を引き締めてうなずいた。

「俺は兄貴にも話を通しとくよ。そうすりゃ、いざという時、すぐに動いてもらえるしさ」

と、勲が岡っ引きの兄、東吾を引き合いに出して言う。

一柳も、可能なら清州屋へまた足を運ぶと言っているし、おこんとも顔見知りになった。何か新しい展開になれば知らせてくれるだろう。

そういえば、今日はまだ一柳が来ていないなと思いながら、お蝶は表通りの方へ目をやった。にぎやかなのはいつものことだが、いつもとは違う騒々しい気配がその中に混じっている。耳をそばだてると、誰かに追われてでもいるような慌ただしい足音がこちらへ向かってくるのが聞こえてきた。

追いはぎでも出たのかとお蝶が緊張した時にはもう、火消しの男たちは立ち上がっていた。そして、彼らが外へ飛び出そうとしたその刹那、

「いすず屋のお蝶さん！」

若い娘の切羽詰まった声が通りから聞こえてきた。少し遅れて、おこんが店の中へ飛び込んでくる。

「ここ、いすず屋さんですよね」

おこんが息を切らせながら叫んだ時、お蝶とおこんは目が合った。

「おこんさん、どうしたの？」

お蝶はすばやくおこんのもとへ駆け寄り、息切れしている背を撫でながら訊いた。

「あの、あたし、一柳と名乗るご老人から話を聞いて……」

「うん。その話はあたしも一柳さんから聞いてるわ。清州屋さんで何かあったの？」

「千成屋の若旦那……いえ、ええと、八五郎さんが清州屋へいらしたんです。旦那さんに会わせてほしいって」

「旦那さんって、清州屋の平右衛門さんのことよね」

「はい。旦那さんは帳場まで出てこられたんですけれど、八五郎さんがのっけから嘘吐き呼ばわりで、旦那さんに土下座しろと喚（わめ）くので、お客さまの手前、すぐに追い出せということになって」

おこんの話がそこに至ると、「そりゃあ、まずいな」と勲たちが言い出した。

「清州屋には、腕っぷしの強い奉公人もいるのか」

と、勲がおこんに問う。

「時には、迷惑なお客さんを腕ずくで追い出さなければならないこともあるので」

と、おこんはうなずいた。小料理屋では酒が入って暴れる客もおり、屈強な奉公人も置いているという。客の態度次第では痛めつけることもあるらしい。

「あ、あたし、若旦那さんがそんな目に遭うの、見ていられなくて」

若旦那とは、かつておこんがそう呼んでいた八五郎のことだろう。先ほどは言い直す余裕もあったが、今はもうそのことに気づいてもいないようであった。

「じゃあ、とりあえず、おたくの奉公人を八五郎から引き離せばいいんだな。八五郎があきらめて帰っていりゃいいが……」

勲たちは清州屋へひとっ走り行って、様子を見てこようと言う。

「あたしも一緒に……」

おこんが踵を返そうとした。

「いや、おたくと一緒じゃ、足の速さが違う。俺たちゃ先に行かせてもらうよ。場所は知ってるから安心しな」

そう言うなり、勲たちは飛び出していった。

「八五郎さんのことはあの人たちに任せておけばいいと思うわ。でも、おこんさんもお店を飛び出してきちゃったのなら、すぐに帰らなければならないのよね」

お蝶が尋ねると、おこんは買い物があると言って出てきたので、少しくらい遅くなっても大丈夫だと言う。

「それなら、め組の男たちとは少し間を置いてから帰った方がいいかもしれないわね。おこんさんが彼らを呼んだみたいに思われても、いいことはないでしょうし」

お蝶は茶でも飲んでいくようにと勧め、おこんもうなずいた。それから、茶と太々餅の用意をして、客席へ運んだ頃には、おこんも少し落ち着いたようである。

「どうぞ、太々餅も召し上がれ」

「あ、あの、あたし、お金を持ってきていなくて」

おこんが躊躇いがちに言い出した。

「買い物に行くって、お店を出てきたのに？」

お蝶が目を丸くすると、おこんは恥ずかしそうにうつむいた。くすっと笑うと、おこんもつられて笑い声を漏らす。それから二人で顔を見合わせ、声を上げて笑った。

「買い物に行くって出てきたのは本当なんですけど、言い訳にすぎないって、皆、気づいていると思います」

おこんの言葉を聞くと、今度はお蝶の方が心配になってくる。

「あの、おこんさん。お茶に誘っておいて何だけれど、本当にお店の方は大丈夫なの？」

「ええ。女中の数は多いですし、その、あたしは少し特別に見られているので」

おこんは茶を一口飲んでから答えた。

「それは、ご主人の平右衛門さんの昔馴染みってことかしら」

「はい。もともと千成屋で働いていた奉公人で、清州屋に拾ってもらった人は、あたしの他にもいるんです。その、さっき、八五郎さんを追い出そうとした奉公人の中にも」

「それじゃあ、八五郎さんはつらかったでしょうね。追い出す側もつらかったかもしれないけれど」

　少し落ち着いたおこんの表情が再び苦しそうになったので、お蝶は話を変えた。

「そういえば、一柳さんに聞いたかしら。双頭蓮の花って、おこんさんの言っていたように吉兆なんですって。あたしたち、きっといいことがあるわよ」

「あ、そうなんですね。そのお話は聞きませんでした」

　おこんの表情も明るくなる。お蝶の勧めるまま、太々餅にも口を付けた。

　それから、お蝶は双頭蓮の蕾を模した猫じゃらしを作ったことや、そら豆のことなどを話した。おこんも茶を飲みながら、穏やかな表情で聞いている。

「お蝶さん」

　おこんが意を決したような様子で切り出したのは、お蝶の他愛のない話が一段落した頃であった。

「さっき、あたしが清州屋で特別に見られているって言いましたよね。あれ、旦那さんの昔馴染みってだけじゃないんです」

「どういうこと？」

「実は、旦那さんから嫁に来てほしいと言われています。奉公人の皆も知っていて……」

そういうことなのかと納得する一方、どう返したものかと、お蝶は困った。おこんにとって望ましい縁談ならめでたいが、八五郎と平右衛門の複雑な過去の因縁を思うと、手放しで喜べる話でもない。奉公人の娘がその店の主人に望まれるのは、傍から見れば、恵まれた話なのだろうが……。

おこん自身もそう思うのか、さして嬉しそうな表情も見せず、先を続けた。

「うちはお父つぁんが亡くなっていて、兄が家を継いだんですけど、この縁談にすっかり乗り気なんです。でも、あたしはまだ返事はしていなくて」

「平右衛門さんに何か障りでもあるのかしら」

「そういうことでは……ないんです」

「八五郎さんが現れたことが原因なの？」

「いえ、縁談はもっと前からあったことですし……」

つまり、八五郎とは関わりなく、おこんには平右衛門の妻になることを躊躇う理由があるということだ。

「でも、まったく関わりなしってわけでもないのかしら」

おこんは独り言のように言った。

「え……？」

「あ、いえ。あたしの決心がつかないのは、七年前の火事のことがあるからなんです。八五郎さんも七年前の火事に、今もとらわれているんですよね。それなら、あたしと同じかなって」

「おこんさんが七年前の火事にとらわれているってこと？」

おこんはお蝶をまっすぐ見つめながら、ゆっくりとうなずいた。

「千成屋が火事になった時、あたしもその場にいたんです。火事なんて初めてだったし、奉公に出たばかりの愚図だったもので、逃げ遅れちゃって。煙も吸い込んで、しばらく気を失っていました」

おこんは淡々とした口調で語り継いでいく。

「あ、でも、ちゃんと助けてもらいましたし、お医者さんも大丈夫だって言ってくれたんですけれど」

おこんの表情に翳がさした。その表情は、かつて蓮をじっと見ていたおこんの横顔を思い出させた。

「あたし、倒れる前のことを覚えていないんです。その、あたしは裏庭で見つかったんですけど、覚えているのは厨にいた時までで」

「そういえば、おこんさん、蓮を見ながら言っていたわね。思い出せるかもしれないって」

紅蓮の猛火——それは、おこんにとっては七年前の火事を連想させるものだったのだ。だから、蓮を嫌いと言ったのだろう。それでも蓮を見れば、失くした記憶を取り戻せるのではないかと淡い期待をかけつつ、御手洗社に願掛けをしていたのかもしれない。

その時、厨という言葉が、お蝶の心に引っかかった。

「千成屋さんの火事って、厨の火の不始末だったのよね。八五郎さんは違うと言っていたけれど、お調べではそういうことになったって」

「はい。でも、厨の火ではないとあたしも思います。だって、それなら厨で火が出たのを見ているはずですから。あたしは『火事だ』って声を厨で聞きました。

でも、覚えているのはそこまでなんです。どうして裏庭にいたのか、どうやってそこまで行ったのかはまったく覚えてなくて」

結局、記憶のあいまいなおこんの証言は、信ずるに足りぬものとして聞き捨てにされた。厨の火ではないと言う者は他にもいたが、他の原因が考えられず、最後には、火元は厨ということで片付けられたという。

「八五郎さんは、奉公人の煙管が原因だと聞かされて、それを確かめに江戸へ来たんですってね」

「はい。一柳さんがお店でこっそりあたしに教えてくれました。それに、清州屋の旦那さんが関わっていることも」

「おこんさんはどう思う？　平右衛門さんは八五郎さんが言うようなことをしていたと思えるかしら」

「あたしが知っている今の旦那さんは、そんな卑怯な真似をするとは思えません」

「でも、平右衛門さんとの縁談を躊躇っていたのよね」

「……はい。ただ、それは旦那さんがどうこうというより、覚えていない間にあったことが怖いからです」

「怖い……？」

「はい。もしかしたら、あの時のことは死ぬまで思い出せないかもしれません し、明日思い出すかもしれない。それが、あたしには怖いんです。もしかしたら ……あり得ないと思いますけど、あたしが火事の原因を作っていたことだって、 あるかもしれないじゃないですか」

おこんの声は震えていた。膝の上の両手も震えている。

「そんなことは決してないわ」

お蝶は席から立ち上がると、おこんの脇へ屈み込んで、その両手を握り締め た。

「だって、おこんさんは厨で火を見ていなかったのでしょう？　それが何よりの 証よ」

「でも、お調べでは厨から火が出たってことに――。それなら、厨にいたあたし が……」

おこんは脅えていた。自分が火事の原因を作ってしまったかもしれないと、ず っと脅えてきた少女。当時のおこんは十歳くらいだったのだろう。そんな少女を これほど怖がらせるなんて。

火の不始末を隠した男たちの話が本当ならば、決して許せない。八五郎の怒りももっともだが、怒りの声を上げることさえできないおこんの恐怖も、決して小さなものではなかったはずだ。

「……ご、ごめんなさい、お蝶さん。あたし、取り乱してしまって」

おこんはやがて、お蝶の手から自分の手を抜き取ると、小さな声で言った。

「今日は帰ります。お代はまた改めてお届けに上がりますから」

おこんは気丈に微笑み、立ち上がった。

「縁談のことは急がない方がいいと思うわ。それに八五郎さんのこともあるから、くれぐれも気をつけて」

「はい。気をつけます」

おこんは頭を下げ、店を出ていった。足取りは落ち着いている。

「双頭蓮が咲いたら、また一緒に花を見ましょうね」

歩き出したおこんの背に、お蝶は声をかけた。

「はい。必ず」

おこんは一度足を止めて振り返る。夏の陽射しを受けた笑顔に翳は見られなかった。

五

それから、江戸は梅雨が明けたと思えるような夏日が続いた。

いすず屋はいつも通りで、その後、清州屋に何かあったという知らせを耳にすることもない。

おこんがいすず屋へ駆け込んできた日、勲たちが清州屋へ着いた時には、八五郎はいなかったそうだ。誰かが騒動を番屋に知らせたらしく、町役が清州屋の奉公人たちから話を聞いているところだったという。

店の前に見物人らしき者たちがいたので、尋ねてみると、八五郎は多少の傷を負わされたが、番屋の者が駆けつける前に去っていったとのこと。

――何だか、ひどく思い詰めた顔してたぜ。

と、見物人たちが言っていたと聞き、お蝶は不安を覚えた。

勲たちもそれとなく清州屋を気にかけてくれているし、勲の兄の東吾にも話を通してくれていた。また、一柳も食事をしがてら、清州屋に足を運んでいるという。

お蝶も一度だけ、帰りがけに清州屋のある柴井町まで出向いたが、二間ほどの間口を客が盛んに出たり入ったりしているのを見て、そのまま帰ってきた。金のありそうな隠居の一柳ならともかく、お蝶が一人で入っていくには少し躊躇われるような店だ。

念のため、周辺に八五郎の姿がないか確かめてみたが、さすがにそれはなかった。その後、八五郎がいすず屋に現れることもなく、おこんが来ることもない。お蝶は毎朝、御手洗社前の蓮池を訪れていたが、そこでおこんと出くわすこともなかった。

双頭蓮の蕾は少しずつふっくらと大きくなり、もう少ししたら開花しそうである。

「おこんさんはどうしているかねえ」

おりくもおこんのことを気にかけてくれていた。

「双頭蓮が咲いても来ないようなら、二人で清州屋に行ってみようか。あたしと一緒なら、敷居も高くないだろ」

お蝶が清州屋へ様子を見に行ったこともお見通しのようである。

「店で会えるかどうかは分からないけど、清州屋の旦那がどんな人柄なのかはお蝶も気になるだろうし」

八五郎が言っていたような、自分本位の男なのか。それとも、困っている昔の仲間に手を差し伸べる親切な男なのか。

おこんが平右衛門から嫁に望まれていると聞いてからは、余計に気にかかる。

「それでは、双頭蓮の花が咲いた時には……」

お願いします——とお蝶が言おうとした時だった。

カーン、カーン……。

半鐘の音である。

「火事⁉」

お蝶は声を上げた。その場にいた客たちも騒然として立ち上がりかけている。

「擦半鐘（すりばんしょう）じゃないね。すぐそこが火元ってわけじゃないようだよ」

おりくが半鐘の鳴り方を聞き分け、客たちにも聞かせるよう大きな声で言った。

お蝶は表通りへ飛び出した。周囲を見回し、火の手や煙が出ていないか、確かめる。生憎、これという場所は特定できなかった。

火の見櫓（やぐら）に上って鐘を打っている人なら見えているかもしれない。

「女将さん、いざという時には逃げられる用意を。あたしは様子を見てきます」

「気をつけるんだよ、お蝶」

おりくの忠告を背中で聞き、お蝶はまずは一番近くの火の見櫓へ向かって駆けた。櫓に上っているのは三十路ほどの男である。櫓の周りには人が集まっていた。

「火元はどっちだ」

皆、口々に問いただしている。

「北の方だよ。どこの町かは分からねえ」

櫓に上った男が怒鳴った。お蝶はそれを聞くなり、駆け出した。

北は柴井町、清州屋のある方向だ。

（まさか、八五郎さんが……。いえ、それより、清州屋が火元なら、おこんさんは……）

走り続けて、息が切れそうになる度、恐ろしい予感が胸を走った。そんなこと、あるはずがないと自分に言い聞かせ、再び走り出す。

清州屋へ近付くにつれ、半鐘の鳴り方は変わった。間を置いた打ち方ではなく、ひたすら連打する擦半鐘。

お蝶の胸の鼓動もそれに合わせるかのように、速く鳴り始めた。

（おこんさん！　無事でいて！）

嫌な予感と祈るような思い。

一心不乱に駆け続けて、気づいた時には、お蝶は清州屋の店前の表通りにいた。煙の燻ったにおいが風に乗って漂ってくるが、火は見えない。我に返って耳を澄ますと、擦半鐘はすでに収まっていた。

カン……カンカン……カン……カンカン。

一回打った後、少し間を置き、二回連打のくり返し。

（これは、鎮火の合図だわ）

お蝶はほっと息を漏らした。

「火元はどこだったんですか」

どこかの奉公人ふうの男に尋ねてみると、

「小料理屋の清州屋だよ。表は無事だったみたいだけどね。裏の厨で火を出したらしい」

と、すぐに教えてもらえた。

「清州屋に知り合いがいるんですけれど、裏口へはどう行けばいいんでしょう」

幸い、男は近所の者のようで、近くの路地から清州屋の裏手へ回る道順を教えてくれた。

「火は消し止められたようだけど、気をつけなよ」

親切な言葉に礼を言い、お蝶は教えられた路地へ入って、店の裏口へ向かった。建物と建物の間を縫うような道を抜けると、惨状が広がっていた。

店の表から通り土間でつながっているらしい厨の一帯は、すでに打ち壊され、木材の残骸が散乱している。燻った煙も辺りに漂っていた。

め組の火消したちがきびきびと後始末に動き回り、清州屋のお仕着せを着た奉公人たちや襷掛けの女中たちは一様に茫然とした顔つきをしている。それ以外は、物見高い見物人たちのようだ。

「おこんさん、いる？」

お蝶は女中たちが固まっている辺りに向かって進み、声をかけた。ややあって、

「お蝶さん！」

と、おこんが人集り（ひとだか）の中から飛び出してきた。

その無事な姿を見るなり、体の力が抜けていくような気がした。

「よかった、おこんさんが無事で」

「心配して来てくれたんですか」

おこんは一瞬、驚きの表情を浮かべた後、「ありがとうございます」とお蝶の手を取り、目を潤ませた。

「幸い、め組の方々がすぐに駆けつけてくださって」

火事が大きくなることもなく、火元の厨とその近くを叩き壊しただけで、消し止められたそうだ。

「余所に被害が出なくて本当によかったです」

おこんは心から安堵した様子で言う。

「おこんさんは大丈夫？　その、怪我とかではなく、体が震えたりとか、そういうことはない？」

前に、七年前の火事が自分のせいではないかと手を震わせていたおこんのことを思い出し、お蝶は尋ねた。おこんはお蝶の目をじっと見つめ、一呼吸置いた後、「大丈夫です」としっかり答えた。

「あたし、思い出したんです」

おこんは瞬き一つせず、ささやくような声で告げる。

「えっ、それは七年前のこと？」

お蝶もつられて声をひそめて訊いた。

「はい。皮肉なことではありますが、今日の火を見たら不意に、七年前の火事の際、厨から駆け出した後の出来事がよみがえってきて」

おこんの眼差しがその時、すうっと横に流れた。おこんの眼差しを追っていった先には、三十路を過ぎたくらいかと見える中肉中背の男がいる。

どうやら、駆けつけてきた役人や岡っ引きを相手に話をしている様子であった。

「もしかして、あの人がご主人の平右衛門さん？」

「そうです。そして……」

平右衛門を見据えるおこんの両眼は、強い火を宿しているように見えた。

お蝶は息を詰めて、おこんの口もとを見つめる。ところが、その口が開くより先に、

「あの男です！」

平右衛門が急に大声を出した。その人差し指は一人の男に向けて突き立てられ

ている。

その先にいたのは八五郎であった。表情の抜けたような顔をしており、虚ろな目で火事の現場を見つめている。

「あの男、あいつをつかまえてください」

平右衛門が叫び、周りの岡っ引きたちが目の色を変える。見物人たちは八五郎が逃げ出すのではないかと、身構えつつ、逃げ道をふさぐように場所を変える者もいた。が、八五郎には逃げ延びようという気持ちもなかったようで、あっさりと岡っ引きたちに捕らえられた。

「その男が火付けの犯人です。自分が火を付けた場所がどうなったか、見に来たんでしょう」

平右衛門が喚き立てているのと正反対に、八五郎が人形のようにおとなしいので、傍で見ている者にはどうも妙な具合に映る。しかし、平右衛門はその奇妙さにもまったく気づかぬ様子で、八五郎が火付け人だと言い続けていた。

「分かった、分かった。男はお縄になっている。あとは本人から聞けばいい」

役人が口を閉じるように促すまで、その調子であった。

「清州屋の主人平右衛門はこの先、お調べで呼ばれた時には速やかに応じるように」

役人がとりあえずの聞き取りを終え、八五郎を引っ立てていこうとした時、

「あの、お役人さま！」

前に進み出たのは、おこんであった。

「おぬしはこの店の女中だな。まだ何か言い残したことでもあるのか」

すでにおこんも聞き取りをされていたようで、役人が怪訝そうにおこんを見据える。

「今日の火事のことではありません。でも、あたし、七年前の火事で思い出したことがあるんです」

おこんは声を震わせもせず、しっかりと言った。

「七年前とは、そこなる八五郎が平右衛門を逆恨みするきっかけとなった火事のことだな。そのことなら、平右衛門より聞いておる」

「違います！」

おこんは叫ぶように言った。

「何だと？」

己の言葉を否定された役人が、おこんをじろりと睨みつける。

「どういうことだ」

おこんの表情がにわかに怯んだ。追い打ちをかけるように、

「問われもしないのに、お役人さまに声をかけるとは何事だ。つまらぬ戯言でお調べを混乱させるつもりか」

と、平右衛門が厳しい声を出す。

「そんな……」

おこんが小さく呟き、唇を噛み締めた。お蝶はおこんの横に並ぶと、その手を取って、励ますように強く握った。おこんは前を見つめたまま、お蝶の手を握り返してくる。

「旦那、その女中の話を聞いてみましょう」

その時、岡っ引きの一人が進み出て、役人に耳打ちした。

「そこの女中おこんは七年前、八五郎のいた千成屋にいたんですよ。清州屋の旦那と同じくね」

「ふうむ。そのことが今日の火事に関わるのか」

「もしかしたら、八五郎や清州屋の旦那とは違う話が聞けるかもしれません」

岡っ引きは妙に事情通の物言いをする。その時、お蝶の中に「もしや」という

思いが生まれた。同時に、誰かの強い眼差しを感じたような気がして、そちらへ目をやると、何と勲であった。

いかにも言いたいことがあるという目で、役人としゃべっている岡っ引きを顎で示してくる。

（やっぱり、あの人、勲さんのお兄さんだったのね）

勲のように、がっしりとした体つきではないが、背は高く細身で俊敏そうだ。顔は一見して兄弟と分かるほど似てはいなかったが、真剣な表情をした時の目つきの鋭さには通じるものがある。

「よろしい。では、おこんとやら。話してみるがよい」

勲の兄である東吾の口利きにより、役人が表情を変えておこんを促した。おこんは「はい」とうなずくと、顔をしっかりと上げて語り出した。お蝶の手を握るおこんの手に、それまで以上の力がこもる。

「七年前の千成屋の火事、原因は厨の不始末で決着しました。でも、あたし、その時、厨にいたんです。火は使っていませんでした。あたしは厨で、『火事だ』っていう、外からの声を聞いたんですから」

「何ゆえ、それを言わなかった」

「言っても信じてもらえませんでした。あたしは子供で、それに、厨から逃げ出した後のことを覚えていなかったから……です」

「では、今になって、それを言い出すのは八五郎を庇おうとしてのことか」

「いえ、今日の火事のことは、あたしには分かりません。でも、先ほどお役人さまのおっしゃった『逆恨み』というのは正しくないんです。あたし、覚えていなかったあの時のことを今、思い出しました」

「何と、まことか」

役人の顔色がにわかに真剣なものに変わる。

「はい。あたし、逃げる途中で聞いてしまったんです。煙管の火の不始末を言い合っている手代さんたちの会話を――。その時、不始末の件を黙っているよう、皆に指示している手代さんがいました。あの人です」

おこんがまっすぐに指さしたのは、清州屋の主人、平右衛門の蒼ざめた顔であった。

六

清州屋の主人平右衛門と元千成屋の若旦那八五郎は、共に捕らわれの身となった。

清州屋の火事は平右衛門と八五郎が言い争っている厨で起きたことだという。どうしても平右衛門と直に話がしたいと八五郎が火の点いた薪を手に、厨の奉公人たちを脅したのだとか。

平右衛門は厨へ呼び出され、七年前の火事の件で言い争ううち、つかみ合いとなり、八五郎が脅しとして持っていた薪の火が燃え広がっての火事だったそうだ。八五郎は本気で火付けを考えていたわけではないが、火事の原因が自分にあることは認め、あれほどつらい思いをした火事を、今度は自分が引き起こしてしまったことで、深く反省しているという。

平右衛門もすべて認めたため、清州屋は闕所（けっしょ）になるだろうという東吾の言葉を、お蝶は勲を通して聞いた。

おこんがいすず屋に現れたのは、火事から数日後のことである。

その日の朝、お蝶は双頭の蓮が開花したのを確かめており、おこんにどうやって知らせたものかと悩んでいた折も折、

「きっと神さまがお呼びになったんだよ」

おりくは言って、二人で蓮を見てくるようにと勧めてくれた。そこで、お蝶は少しだけ暇をもらい、おこんと一緒に御手洗社まで足を運んだ。まずは拝殿に手を合わせてから、蓮池のほとりへ移動する。

蓮が見頃とあって、ここへ足を向ける参拝客の数もいつもより多かった。

「こっちよ」

お蝶は双頭の蓮が見える場所へとおこんを誘った。他の花に比べると、双頭蓮はやや小ぶりである。

「あら、かわいい」

周りの大きな蓮の花の妹分のようだと言って、おこんは屈託なく微笑んだ。双頭蓮の花びらも他の蓮と同じように、中心は清らかな純白で、外側へ向かうにつれて薄紅色が濃くなっていくという色づき方をしている。

色の染まり具合も美しく、朝方、人のいない時には本当に天上の花と思えたものだ。

「おこんさん、前に、蓮を見たら思い出せるかもしれないと言っていたけれど、それは忘れてしまった思い出が火事にまつわるものだったからなのよね。蓮から紅蓮の火を連想したのよね」

「はい」

おこんは素直にうなずいた。

「蓮を嫌いだと言ったのも同じ理由からです。蓮そのものを嫌いだったんじゃなくて、紅蓮の火が怖かった……」

「今も、蓮の花は嫌い？」

「いいえ」

おこんは目を蓮からお蝶に向けて、静かに答えた。

「今は蓮の花を見ても、火や炎なんて思い浮かべません。あんなに清らかな花をどうして火のようだと思っていたのか、不思議なくらい」

おこんはさっぱりした口ぶりで言うと、不意にお蝶の顔をのぞき込むように見つめてきた。

「でも、お蝶さんは違いますよね」

急に問いただされて、お蝶は困惑した。

「お蝶さんもあたしと同じく埋火を抱えながら、蓮を見ていたんじゃないかと思って」

「埋火……」

おこんはお蝶から目をそらすと、再び蓮を見つめながら語り続けた。

「あたし、七年前、たぶん恐ろしくて、怖くてたまらなくて、あの時に見聞きしたことをすべて封じ込めちゃったんだと思うんです。あの時、旦那さん、いえ、平助から脅されたことも思い出しました。余計なことを言ったら、火の中に放り込んでやる、みたいなことを言われて」

「何てひどい……。当時のおこんさんはまだ子供でしょうに」

「十一歳の世間知らずでした。その後、あたしが死んでしまえばいいとでも思ったんでしょう。あたしを放り出して、彼らは逃げ出しました。あたしは必死で追いかけたんだけれど、途中で転んでしまって……。でも、助けてくれた人がいて、命は取り留めました」

おこんは淡々と語り続けた。

「平助はあたしが本当に覚えていないのか、ただ怖いからそんなふりをしているのか、ずっと疑っていたんだと思います。あたしを清州屋で雇ったのも、嫁にと願ったのも、ぜんぶそのせいでした」

平助が清州屋を持てたのは、千成屋の主人――つまり八五郎の父親が店を畳む際、奉公人たちにいくばくかの金を渡したのだが、その金を元手にしてのことだったそうだ。金を増やす才覚が平助にあったのは事実だが、そのきっかけが七年前の火事とあっては、八五郎の父親とて浮かばれないだろう。

「あたし、あの時の出来事、もう思い出せないんじゃないかと思うこともあったんです。日々の暮らしに困ることは何もないし、それでいいかなと思うこともありました。でも――」

おこんは一度言葉を切ってから、ほんの少しの間を置き、思い切った様子で言った。

「消えたように思えても、見聞きした出来事は埋火となって胸に残り、かすかに燃え続けていたんです」

「そう……なのかもしれないわね」

「お蝶さんとここで出会って、一緒に双頭蓮の蕾を見てから、あたしのすべてが変わっていきました。本当に吉兆だったんですよ」

おこんはお蝶に柔らかく微笑みながら言う。

「吉兆……と思っていいのね。おこんさんの身に起きた今回のこと」

「はい」

おこんは迷わずうなずいた。

「そりゃあ、傍から見れば、奉公先の店が二度も火事でやられるなんて、不運の塊みたいな女に見えるかもしれませんけど」

そう言って、おこんはくすっと小さく笑う。

「でも、思い出せないで苦しんでいるより、ずっとよかった。あのまま何も知らなければ、平助の正体にも気づかず、もしかしたら夫婦になっていたかもしれないんですよ。あまり気乗りはしなかったけれど、兄さんの言いなりになっていたら……。そう思うと、本当に恐ろしくなります」

お蝶はうなずき、双頭蓮の花へと目をやった。おこんの身に吉兆と言えるようなことが舞い込んだとは、お蝶には思えない。だが、とんでもない悪運に足をすくわれかけたおこんを守ってくれたのだとすれば……。

そのことへの感謝を込めて、お蝶は双頭蓮に手を合わせた。

「埋火はね、確かにあたしの胸の中にも燻っている」

火事のさなかに消えた源太への慕情とやるせなさ、一緒に暮らせぬ源次郎への深い情けと寂しさ——それが猛火となって燃え広がれば、きっと息をすることができなくなる。だから、必死に抑え込み、それは埋火となって胸に宿っている。

「いつか、双頭蓮がお蝶さんにも吉を運んでくれますように」

おこんがささやくように言いながら、蓮に向かって手を合わせた。

「ありがとう」

おこんにこそ手を合わせたい気持ちになったが、きまり悪い思いをさせるだろうと、それはやめた。

「おこんさんはとても強いのね。大変な目に遭ったのに、あたしのために祈ってくれるなんて」

「強くなんてないです。でも、そう見えたのなら、お蝶さんがあたしの手を握っていてくれたから」

火事が起きた現場で、お蝶の手を握り返してきたおこんの手の力強さを、お蝶はありありと思い出した。

「それで、あたしはすべてを告げる勇気が持てました」

おこんは深々と頭を下げた。

「あたしこそ、本当にありがとうございました」

少し照れくさくなり、お蝶はおこんが顔を上げると、「いすず屋に戻りましょうか」と誘った。

「暇があるならゆっくりしていって」

と言うと、「仕事もなくなったので、暇だけはたっぷりあります」とおこんは笑う。

清州屋がなくなり、奉公人たちは皆、勤め口をなくしてしまった。清州屋があのような形でつぶれたので、新しい奉公先を快く世話してやろうという者もいないらしい。

そんなことを話しながら、二人はいすず屋に到着した。陽射しの強い縁台は避け、屋根のある店の中の席へと案内する。お蝶はおこんのために茶を用意しながら、

「おこんさん、新しい奉公先が決まっていないそうです」

と、おりくに告げた。

「やっぱりね」

おりくはうなずくと、お蝶にあることを言いつけ、先におこんのもとへ向かっ

た。

「おこんさん、ちょいと話があるんだけど、いいかい？」

おりくはおこんの前に座ると、おもむろに切り出した。

「この先、新しく奉公に出る気はあるのかい？」

「もちろんです。うちは働かないでも食べていけるほど裕福じゃありませんし」

おこんの家は母と兄、それに弟妹が一緒に暮らしているが、稼ぎがあるのは兄とおこんなのだという。

「どうしても料理屋で働きたいなら、あたしも心当たりを探してあげよう。それが見つかるまで、このいすず屋でお蝶と一緒に運び役をやるのはどうだい？」

「え、あたしをこちらで雇っていただけるんですか」

おこんは目を丸くした。

「料理屋でなくてもいいかい？」

「もちろんです。料理屋でなければいけないなんて、思ったこともありません」

おこんは顔を輝かせ、曇りのない声で告げた。

「幸い、芝神明宮の名もあって、お客さんはけっこう入ってくださってる。お客さんの多い時はお蝶一人じゃ大変だし、まあ、暇な時はお客さんやあたしの話し相手をしてくれればいいからさ」

「ありがとうございます。お役に立てるよう努めます」

おこんは深々と頭を下げた。そして顔を上げた時、おこんの眼差しはおりくの傍らに立つお蝶へと向けられた。

「ああ、やっぱり双頭蓮の花は吉兆だったわ。こんなによい運を授けてくれたんだもの」

明るくはしゃぐおこんの声に、お蝶の気持ちも温かくなる。

「それじゃ、これをどうぞ」

お蝶はおこんの座る縁台に、茶碗と餅を二つ載せた皿を置いた。

「あら、太々餅じゃないんですね」

四角い餅の上に、つややかな明るい茶色のたれがかかっているのを見て、おこんが呟いた。

「これは、まだ試しに作ってるところでね。お前さんには味を見てもらおうと思ってさ」

おりくが言った。

「わあ、楽しみです。名前はもうあるんですか」

「二つでひと組にして、双頭蓮餅ってことでどうかね」

などと、おりくが言っている間に、おこんは餅を一つ箸でつまんで口に入れた。お蝶とおりくは、おゆうの作ったこの餅をすでに賞味している。

粉状にした蓮根と葛、片栗の粉で作った餅は、もち米のものより粘り気が少なく、さくさくと歯で嚙み切れた。そして、何より醬油と砂糖、葛等で作ったという、おゆう手製のたれといったら――。

「美味しい！」

おこんが夏の陽射しに負けない笑顔になって言う。

「このたれが絶品です。甘辛さが絶妙で、さくさくしたお餅にぴったり！」

「そうかい。料理屋で働いてたお前さんが言ってくれるなら、まんざらでもないね」

さっそく茶屋の一品として客に供する算段をしようと、おりくは頭の中で案を練り始めたようだ。

「そうそう。双頭蓮餅のお披露目は、二人の看板娘のお披露目と一緒にしようかね。簪代わりに蓮の花の飾りでもつけてさ」

商魂たくましいおりくの言葉に、おこんはぽかんとしている。

「女将さんはいつもこんななのよ」

と、おこんにささやきながら、お蝶はおりくたちと双頭蓮を使った儲け話をした時のこと、その日の朝、おこんと双頭蓮の蕾を見たことに思いをめぐらした。狗尾草の花穂を追いかけるそら豆を見て、作り物の蕾をつけた猫じゃらしを考えついたのも、同じ日のことだ。生憎、金を生む品にはなりそうにないとおりくからは言われたが、今ではそら豆のお気に入りである。今も、あの手作りの猫じゃらしで、寅吉とおよしに遊んでもらっているだろうか。

せっかくだから、猫じゃらしに付けている蓮の蕾の飾りを、咲いた蓮の花に替えてもいいかもしれない。

今度は蓮の花飾りを作るのだから、薄紅色の端切れを手に入れなければ——。出来上がった猫じゃらしに、そら豆はどんな表情を見せるだろう。鈴の音を立てながら走り回るそら豆の姿を思い浮かべると、お蝶の気持ちは温かくなる。そら豆を熱川屋に返す日が来なければいいと、つい願ってしまうほどに——。

愛しいものを手放す痛みを重ねることに、自分は耐えられるだろうか。

胸の埋火が切なさを掻き立てるようにちろちろと音を立てる。

(いけない。離れる時のことじゃなくて、一緒にいられる今のことを考えよう)

気持ちを切り替えて、そら豆と一緒にいられる今の日々を思う。源太がいなくなってからではなく、一緒に過ごした日々を、源次郎を置いてきてからではなく、屋敷で一緒に過ごした日々を——。

胸の埋火はひっそりと静まり、だが決して消えることなくお蝶の中で息づいていた。

この作品は双葉文庫のために書き下ろされました。

双葉文庫

し-49-01

芝神明宮(しばしんめいぐう)いすず屋茶話(やさわ)（一）

埋火(うずみび)

2024年10月12日　第1刷発行
2024年11月 8 日　第2刷発行

【著者】

篠綾子(しのあやこ)

【発行者】

箕浦克史

【発行所】

株式会社双葉社

〒162-8540 東京都新宿区東五軒町3番28号
［電話］03-5261-4818(営業部)　03-5261-4868(編集部)
www.futabasha.co.jp(双葉社の書籍・コミックが買えます)

【印刷所】

中央精版印刷株式会社

【製本所】

中央精版印刷株式会社

【フォーマット・デザイン】

日下潤一

ISBN978-4-575-67215-2 C0193
Printed in Japan

風野真知雄　わるじい秘剣帖（一）　じいじだよ　長編時代小説〈書き下ろし〉

元目付の愛坂桃太郎は、不肖の息子が芸者につくらせた外孫・桃子と偶然出会い、その可愛さにめろめろに。待望の新シリーズ始動！

風野真知雄　わるじい秘剣帖（二）　ねんねしな　長編時代小説〈書き下ろし〉

孫の桃子と母親の珠子が住む長屋に越してきた愛坂桃太郎。いよいよ孫の可愛さにでれでれの毎日だが、またもや奇妙な事件が起こり……。

風野真知雄　わるじい秘剣帖（三）　しっこかい　長編時代小説〈書き下ろし〉

「越後屋」への嫌がらせの解決に協力することになった愛坂桃太郎は、今日も孫を背中におぶり事件の謎解きに奔走する。シリーズ第三弾！

風野真知雄　わるじい秘剣帖（四）　ないないば　長編時代小説〈書き下ろし〉

「越後屋」に脅迫状が届く。差出人はこれまでの嫌がらせの張本人で、店前で殺された男とも深い関係だったようだ。人気シリーズ第四弾！

風野真知雄　わるじい秘剣帖（五）　なかないで　長編時代小説〈書き下ろし〉

桃子との関係が叔父の森田利八郎にばれてしまった愛坂桃太郎。事態を危惧した桃太郎は一計を案じ、利八郎を何とか丸めこもうとする。

風野真知雄　わるじい秘剣帖（六）　おったまげ　長編時代小説〈書き下ろし〉

越後屋への数々の嫌がらせを終わらせることに成功した愛坂桃太郎だが、今度は桃子の母親・珠子に危難が迫る。大人気シリーズ第六弾！

風野真知雄　わるじい秘剣帖（七）　やっこらせ　長編時代小説〈書き下ろし〉

「かわうそ長屋」に犬連れの家族が引っ越してきたが、なぜか犬の方が人間よりいいものを食べている。どうしてそんなことを……？

坂岡真

はぐれ又兵衛例繰控【一】

駆込み女

長編時代小説〈書き下ろし〉

南町の内勤与力、天下無双の影裁き！「はぐれ」と呼ばれる例繰方与力が頼れる相棒と悪党退治に乗りだす。令和最強の新シリーズ開幕！

坂岡真

はぐれ又兵衛例繰控【二】

鯖断ち

長編時代小説〈書き下ろし〉

長元坊に老婆殺しの疑いが掛かった。南町の協力を得られぬなか、窮地の友を救うべく奔走する又兵衛のまえに、大きな壁が立ちはだかる。

坂岡真

はぐれ又兵衛例繰控【三】

目白鮫

長編時代小説〈書き下ろし〉

前夫との再会を機に姿を消した妻静香。捕縛した盗賊の疑惑の牢破り。すべての因縁に決着をつけるべく、又兵衛が決死の闘いに挑む。

坂岡真

はぐれ又兵衛例繰控【四】

密命にあらず

長編時代小説〈書き下ろし〉

非業の死を遂げた父の事件の陰には思わぬ事実が隠されていた。父から受け継いだ宝刀和泉守兼定と矜持を携え、又兵衛が死地におもむく！

坂岡真

はぐれ又兵衛例繰控【五】

死してなお

長編時代小説〈書き下ろし〉

殺された札差の屍骸のそばに遺された、又兵衛の義父、都築主税の銘刀。その陰には、気高く生きる男の、熱きおもいがあった——。

坂岡真

はぐれ又兵衛例繰控【六】

理不尽なり

長編時代小説〈書き下ろし〉

女房を守ろうとして月代侍を殺めてしまった男に下された理不尽な裁き。夫婦の無念のおもいを胸に、又兵衛が復讐に乗りだす——。

坂岡真

はぐれ又兵衛例繰控【七】

為せば成る

長編時代小説〈書き下ろし〉

父の仇を捜す若侍と出会った又兵衛。若侍の境遇に同情し、仇討ちの成就を願うが、おもわぬところから仇の消息の手掛かりを摑み——。